À SUA ESPERA

CARLA MÜHLHAUS

À SUA ESPERA

UMA VIAGEM FILOSÓFICA AO CENTRO DO ÚTERO

porto alegre
2012

Copyright © 2012 Carla Mühlhaus

Preparação e revisão
Rodrigo Rosp

Capa
Humberto Nunes

Foto da autora
Samara Sampaio

Dados Internacionais de Catalogação na Publicação (CIP)

M952   Mühlhaus, Carla
        À sua espera : uma viagem filosófica ao centro do útero / Carla Mühlhaus.
        – Porto Alegre : Dublinense, 2012.

        112 p. ; 21 cm.

        ISBN: 978-85-62757-75-4

        1. Literatura Brasileira. 2. Novela Brasileira. I. Título.

                                      CDD 869.937

Catalogação na fonte: Ginamara Lima Jacques Pinto (CRB 10/1204)

Todos os direitos desta edição
reservados à Editora Dublinense Ltda.

Av. Augusto Meyer, 163/605
Higienópolis – Porto Alegre – RS

contato@dublinense.com.br

Para Alice

A autoria, como disse Foucault mais ou menos nessas palavras, é uma pretensão descabida. Autor é aquele que sucumbe ao falatório e repete sua discursividade como um papagaio. Fazer o quê? Adoro papagaios.

ÍNDICE

CAP. 1 11
CAP. 2 15
CAP. 3 25
CAP. 4 45
CAP. 5 65
CAP. 6 97
CAP. 7 103

1

Li no jornal outro dia que o filósofo italiano Giorgio Agamben acredita que, para enxergarmos o presente, não podemos estar totalmente imersos nele. Não sei se é preciso ser filósofo para saber disso. Hilda Hilst e Duchamp também sabiam essa como ninguém. Eu não sou artista nem filósofa nem muitas outras coisas, mas confesso que já desconfiava. Não podíamos passar sem essa piada, não seria coerente. Nossos roteiristas são muito criativos e se entediam facilmente. A vida precisa ser mais difícil.

Devo seguir na contramão do italiano, no entanto. Decidi mergulhar no presente e tentar entendê-lo, tarefa que foi sempre muito difícil, principalmente lendo os jornais todos os dias pela manhã, misturando cafeína com o chumbo das manchetes chicletes. Manchete chiclete é aquela que faz uma pastinha puxa-puxa com o cérebro e nos dá de aperitivo o gostinho de saber do que se trata. Mas a comida é sempre falsa e ainda corrói os dentes por dentro sem que a gente perceba – quando menos se espera, comendo um trivial pãozinho pela manhã, eles caem sem a menor cerimônia. E antes de você se desdentar é um tal de kani se fazendo de lagosta, jaca virando estrogonofe de frango e tantas outras contrafações que vocês não seriam capazes de imaginar. Essa do estrogonofe de jaca é coisa de vegetariano e as intenções são até boas, mas vai dizer isso para o estômago.

Vejamos. Li também que um historiador inglês disse que, a não ser que mudemos algumas coisas, estaremos no Começo do Fim. Não sei bem de que coisas ele estava falando, mas sem dúvida o aquecimento do planeta devia estar incluído. Ao que tudo indica nossas próximas gerações vão viver num grande e redondo micro-ondas, portanto a preocupação me parece legítima.

Também houve quem dissesse que vivemos uma época de indiferença em relação ao pensamento. É que a velocidade da revolução tecnocientífica é tão grande que o pensamento simplesmente não consegue acompanhar as transformações. Isso é o que sempre digo quando querem me empurrar uma novidade tecnológica. Quando finalmente consigo ler o manual e aprender as funções básicas do novo e milagroso aparelho-feito--para-facilitar-a-vida, ele já está obsoleto há tempos. Então sobra o problema do descarte, de onde jogar fora bateria. E ninguém diz como varrer os neurônios que vão caindo pela casa. Eles ficam lá, grudados no rodapé, pedindo um aspirador de última geração, daqueles que desintegram os ácaros e de brinde esterilizam sua aura. Custam cinco mil reais, podem ser pagos em dez prestações e você ainda concorre a uma expedição antropológica a uma comunidade Amish.

Tive um professor que dizia estarmos vivendo uma época de puro empilhamento de objetos. Ele disse isso há mais ou menos uma década, então é plausível acreditar que hoje o empilhamento cutuque a estratosfera. Lembro de um romance que li na adolescência e cujo título não recordo (esses são os que mais ficam): era a história de uma mulher que queria largar tudo, família e mobília. Num desejo irrefreável de viver apenas com o peso de uma mala de mão, ela passava os dias colocando as cadeiras da sala de jantar na calçada, com a esperança da coleta levá-las. Nunca manifestei tanta solidariedade por um personagem. Eu era só uma adolescente cheia de espinhas, mas sabia exatamente o que aquela mulher estava sentindo. Não me lembro, mas quando acabei de ler o livro devo ter arrumado o meu quarto. Devo ter jogado muita coisa fora, mas a vontade mesmo era de que tudo evaporasse no espaço. Minha mãe deve ter ficado feliz e concluído que eu estava amadurecendo. De certa forma, ela tinha razão. Sobrou-nos isso de muito humano: ainda é com angústia que amadurecemos.

Minha angústia é razoável e portanto imagino que minha idade interna esteja pra lá dos cinquenta. Camuflada no corpinho que ainda resiste nas aulas de ioga está uma velha encarquilhada, enrugada e rabugenta. Dizem que os idosos acordam cedo, mas essa velha acorda tarde e mal. Ao meio-dia ainda está ruminando as manchetes. Um problema esse, o das manchetes. Foi por isso que ela decidiu largá-las e estudar outras fontes. Foi aí que ela começou a vasculhar melhor o presente. Pobre velha.

2

A excursão ao presente tinha um motivo. Depois de anos ilhada em seus mundos paralelos, que a deixavam pendurada sobre a sociedade no pulsar de um helicóptero silencioso, a velha encarquilhada queria saber se o seu corpinho de trinta e poucos poderia ter filhos depois de se estabacar no chão. Era um passo e tanto esse de dar-se ao tombo e, como tal, pedia um pouco de sobriedade. Ela precisava saber que habitat era esse que o seu filho poderia vir a conhecer.

Como deixara de ler os jornais e andava implicando também com as revistas, resolveu apelar para a filosofia, porque só a filosofia salva. Entrou num grupo de estudos, o que era bom porque isso faria também com que ela saísse de casa e olhasse a vida lá fora. O helicóptero rugia.

Começou aprendendo coisas muito sérias, como virar as chaves do cérebro. Funcionava assim: ela lia os textos, se encontrava com o seleto grupo reunido ao redor de uma pequena mesa da sala de espera de um consultório, fixava as antenas no analista que também era professor de filosofia ou vice-versa, tomava vinho aos goles de uma caneca e deixava os neurônios à vontade. Se eles apreendessem vinte por cento da coisa toda já estava bom, dizia o professor. Quando achava que eles, os neurônios, já estavam na margem dos dez por cento mais ou menos, soltava as rédeas, dava linha, trocava de marcha. E então acontecia a virada de chave. De repente ela entendia no fundo da carne outras maneiras de pensar o mundo. Estavam todos, por osmose ou sabe-se lá como, virando suas chaves. Eram viradas libertadoras e, por isso mesmo, incomodavam as entranhas.

Estavam todos tateando no escuro e deixando as pontas dos dedos lerem, em braile, os fundamentos do mundo moderno, ou do mundo que conhecemos hoje. Aprendeu com Descartes o começo absoluto do pensamento, da representação interna das coisas. Viu que sensação e imaginação também são modos do pensamento e que a grande novidade do mundo moderno era matematizar o conhecimento, dando à ciência o papel de madrinha das respostas que criam suas próprias perguntas.

Era muito para a sua cabeça velha, mas tomou mais alguns goles de vinho tinto que manchavam seus dentes inseguros e seguiu adiante. Fazer o quê se Galileu tinha sacado o conhecimento objetivo, aquele que aos poucos foi tricotado numa grande colcha capaz de cobrir o mundo de explicações variadas e coloridas, numa espécie de patchwork científico. Era um caminho sem volta.

Quando viu Descartes juntar deus com a razão e entendeu que o homem é uma invenção moderna, teve a nítida sensação de estar perdendo pela cidade pedaços do seu corpo. Enquanto as mãos tentavam agarrar o texto mal compreendido, as pernas fugiam para casa, sôfregas, pedindo pelo amor de deus por alguma novela na televisão. O cérebro, implodido, polvilhava a calçada. O coração calou-se depois da segunda caneca de vinho, a tempo de evitar os efeitos colaterais da frase "Eu sou o que em mim falta". A velha começava a gostar de sofrer, o que lhe dava a impressão de que a vida palpitava.

Quando entendeu que a dúvida é o ato de julgar, pensou em duvidar menos. Mas isso foi dois segundos antes de decidir duvidar ainda mais. Duvidaria a princípio de tudo, a começar dela mesma, mas não de suas dúvidas, não de que existia enquanto duvidasse. Duvidaria um pouco dos médicos, dos neurocientistas, dos fervorosos e dos céticos. Não duvidaria das proteínas nem dos aminoácidos, mas colocaria um pé atrás quando o assunto fosse religião. O Big Bang provavelmente estaria a salvo. Deus e os elétrons também.

Quando arrepios constantes e uma pele em estado de alerta deram a impressão de que o corpo ia ruir, trincou os dentes e aceitou o óbvio desafio, o de entender-construir o seu mundo. Como se houvesse outra alternativa. Estava ao mesmo tempo renascendo e dando as mãos ao fracasso. Começou a sentir um gosto salgado, amargo e com um fundo de metal na boca, efeito colateral do caos. Mas sobre isso os médicos sempre se calam. Talvez conversem sobre tamanha amenidade por telepatia, com risinhos abafados, reunidos para um café. Mas nunca carregam tais códigos para os consultórios. Daria muito trabalho e, justiça seja feita, talvez morresse muito mais gente.

Passaram para Kant. As angústias e histerias coletivas continuaram. Os vinhos babados pelas canecas também. Foi então que aprenderam, e reverberou-se a novidade nos vazios dos estômagos, o significado da palavra limite. A essa altura, não ficaram mais horrorizados. Era, na verdade, um bater de portas já anunciado. Como cachorros murchos por uma bronca, ou com o rabo entre as pernas se preferirem, já tinham imaginado esse momento quando engoliram que o mundo, esse que parece estar do lado de fora, está do lado de dentro.

Então era essa a condição do homem: ser uma substância pensante em confronto com uma substância extensa, equilibrando-se numa corda bamba e sem rede de proteção entre o externo e o interno, usando como vareta de sustentação a tal realidade objetiva que até os palhaços do circo, lá embaixo do picadeiro, já sabiam ser quebrável.

Que diabos isso de filosofia, ela grunhia enquanto lia os textos da semana. Que diabos, murmurava ainda minutos antes de entrar no consultório. "Herr God, Herr Lucifer / Beware /Beware", dizia Sylvia Plath. "Out of the ash / I rise with my red hair / And I eat man like air". Lady Lazarus digitaria o código da porta, que se abriria imediatamente, apresentando uma nova sala de espera. Ou a mesma, dependendo do esquadro. Macacos me mordam, disse a si mesma e riu da frase antes de sentir algo estranho acontecendo lá nas funduras.

Não sabia bem a causa de tanto frio na barriga. Só sabia não poder ser a causa de si mesma e ao mesmo tempo sabia Protágoras, que sabia ser o homem a medida de todas as coisas. Sabia a sensação de tirar parafusos do pescoço e, num movimento inédito, olhar bem para cima, bem para o alto, descansando a nuca nas costas e rindo por dentro. Sabia que a ideia de substância vinha dela, lá de dentro, lá de onde sentia rebuliços. Aprendera também que o desejo e a falta são inseparáveis.

Estavam ainda mastigando a ideia da finitude que caracteriza o mundo moderno quando olharam para os seus umbigos e, com um certo horror no fundo da boca, perceberam: dentro deles havia buracos de não ser, espaços vazios que se recusavam a existir em qualquer língua ou formato reconhecível. E nesse movimento sincronizado perceberam ser a ciência uma bela criação e constataram, em uníssono e silencioso brado, não haver, racionalmente, argumento convincente para se prender à razão.

Pediu água. Literalmente. Para quebrar a acidez do vinho. Seu estômago ardia como se gritasse por misericórdia. Enquanto isso a angústia, comicamente, escolhera seu time. Ela jogava da cintura para cima apenas. Da cintura para baixo, aquele jorro de vida babada pelas canecas a fazia esquentar o assento.

Cada susto era um derramar de gozo. Era ali que a vida latejava. Ali, nos buracos, nos trocadilhos. No sofá também. Depois da aula. Molhada, encharcada de tanta angústia, entregue como nunca, sedenta. Mal dava tempo de trancar a porta. Pernas bambas, mãos trêmulas e formigando, contrações incontroláveis daquela parte do corpo que entendia a substância. Gozava como nunca depois das aulas. Em cascata, em choro, em gemido cúmplice e, ao mesmo tempo, assustado. Mas não tanto a ponto de fugir. Não tanto a ponto de não tirar a roupa, em não se deixar beijar nos seios e nas costas, em não se deixar penetrar calmo e fundo, como se sim, essa fosse a única explicação plausível para a vida, como se ali, naquele líquido quente, transparente e viscoso estivessem todos os caracteres matemáticos da natureza, todos os ângulos não explicados da física, todas as entrelinhas da filosofia empírica. Depois deitava sem forças, ensopada de suor e sêmen, lambuzada de felicidade inculta. Passava as mãos suadas no rosto e poderia continuar a noite inteira se quisesse. Mas levantava trôpega, animalzinho feliz e molhado, e dizia com um riso de canto de boca que precisava estudar. E nunca falara tão sério em toda a sua vida.

Se ela sabia por Descartes ser o homem alma mais corpo, se sabia o que era agir de modo perfeito e no entanto isso lhe faltava, estava criado um problema chamado condição humana. E humanizada por Kant, a tal razão deixara de ser suprassensível. Mas que ela, a velha, andava mais sensível do que nunca até seu porteiro sabia. Estava em crise por constatar que nunca mais poderia tirar seus óculos multifocais e de fundo de garrafa pendurados por correntinhas, que jamais veria o que está por trás da armação e da moldura. Era duro ver que se conhece bem pouquíssimas coisas e, pior, que a criação é inseparável da ideia de não ter saída. Ou que o mundo moderno só é possível porque a natureza perdeu todo o seu sentido e seu manto sagrado, que a ciência não tem finalidade, mas sim propósito, que eu sou onde não penso e penso onde não sou.

Estava à beira de um ataque de nervos quando engoliu sem engasgo a ideia da perspectiva. Sim, ela estava sempre olhando para o mundo de algum lugar. E esse lugar era aquele que se dava ao direito de legislar sobre sua própria natureza. Mas era bem, bem mais fácil deitar no sofá.

Se ela estava razoavelmente ciente da sua perspectiva e podia legislar sobre a própria natureza, poderia então também ela ser rasteira, interpretar a descoberta ao pé da letra e decidir ter um filho? Mas se ela também descobrira, no embate entre o racionalismo e o empirismo, que o caminho do conhecimento é o que leva ao ser e não o contrário, não seria uma leviandade dar-se ao chão de terra molhada, à Grande Mãe dos indianos, assim como quem finge descaradamente nunca ter faltado a alguma aula importante? E não mais sustentada por dogmas, seria ela sustentada pelo quê, meu deus?

Pelo sim pelo não, deu um urro e jogou-se no abismo. Voaria em queda livre enquanto as pílulas tricolores deixassem de ser substâncias hormonais dentro dela. Estava finalmente entregue ao acaso, ao caos, ao cosmos. Talvez fosse uma decisão precipitada, mas suspeitava que pensava melhor quando não pensava. Talvez fosse loucura se guiar pelo sensível, mas de certa forma se viciara no tal frio na espinha. Viveria a pão, água e adrenalina e, como um louco cara a cara com uma pantera, analisaria a fera ao invés de fugir. Sentiria o bafo quente do animal no lugar de dar nas canelas. Se sobreviveria ou seria comida viva, era assunto para depois. Depois do que vinha depois da aula.

Tomou essa decisão ousada ao saber de Einstein que o senso comum é uma soma de preconceitos adquiridos até os dezoito anos. Anotou errado no caderno, trocando o senso comum por bom senso e, de repente, olhos estatelados no palestrante que citava a frase, a ideia de tirar os pés do chão pareceu fazer muito sentido, assim como a afirmação de que um elétron está em um milhão de posições ao mesmo tempo e que a consciência é que é capaz de alterar o cérebro fisicamente e não vice-versa.

Foi nesse pilar rarefeito, nessa sopa mental elétrica que teve o impulso de alçar voo. E então se lembrou de um namorado que costumava lhe dizer ter a nítida impressão de que um dia soubera voar. Não era um planar sobre a cidade, ele dizia, era mais como o impulso do super-homem, como dar grandes passos de alguns quilômetros de altura repetidamente, um pulo atrás do outro, como um canguru gigante. Ela sempre achara essa história engraçada, mas agora via que se tratava de algo muito sério. No mínimo, de algo que ela finalmente compreendia. Era como se ela também estivesse dando seus primeiros pulos que não eram de gato, o pulo do gato, como diria o senso comum, a coisa mais compartilhada do mundo. Era um pulo de alma. Se tudo que fazemos afeta o mundo e os outros, já dizia a lei de ouro de jesus, começaria praticando o grande salto contando com a recompensa de tamanha entrega, que era se tornar boa no que praticasse.

As aulas continuaram. Já estava criado no grupo um vínculo de vida. Ali eram todos cúmplices da mesma jornada. Com o tempo, já sabiam detectar um no outro sinais de compreensão, de incompreensão, de total estupefação, de euforia. Já sabiam o poder do limite e os defeitos da razão. Sabiam principalmente, depois de alguns engulhos na boca do estômago, que dizer ser impossível conhecer o Real já era em si algo redundante. Sabiam ser finitos pelo sensível, sabiam não ser deus e, assim, sabiam não poder abrir mão nem da intuição nem do conceito. Sabiam que viveriam para o resto de suas pequenas vidas em xeque-mate, grudados num tabuleiro de proporções bem definidas. Poderiam ser reis e rainhas em momentos de celebração, peões no dia a dia, cavalos na hora da fuga, torres rígidas guardiãs de preconceitos dos mais variados, bispos críticos da vida alheia. Mas sempre estariam presos ao tabuleiro, ao preto no branco, ao quadrado do tempo e do espaço, aos movimentos autorizados pela regra do jogo. Nessas horas, quando se percebessem assim, ririam de si mesmos e tomariam um vinho. Estavam aprendendo a ver algum tesão nos paradoxos. Na verdade, eram eles, os paradoxos, que os protegiam do verdadeiro – e por isso mesmo inimaginável – Grande Caos.

Haveria sempre infinitas possibilidades, mas só uma história prevaleceria. Se todas as possibilidades se concretizassem, sucumbiríamos com tanta informação. Gostava de pensar essa parte. Tirava do livre-arbítrio o peso de corrente responsável presa ao pé e deixava o destino com um ar mais leve. Era o limite da razão o que ajudava a conhecer.

Começava a vestir as roupas do avesso e elas lhe caíam bem. Surpreendentemente, via o presente quase com bons olhos. Liberdade era agir pelo homem enquanto sujeito. Para poder agir assim com o outro, achou melhor tentar primeiro com si mesma. Se falhasse, o erro morderia primeiro a sua carne. Estava se oferecendo à fera, aperitivo fresco e temperado. E ao mesmo tempo em que temia ser comida viva por ela, sentia arrepios fundos de prazer ao imaginar os dentes rasgando suas partes.

Começou a achar graça da busca por ideias verdadeiras. Como cravou Ortega, não seriam elas espantalhos da realidade? Procurava agora o vento no rosto, o frio na barriga, os braços abertos e os olhos fechados em entrega febril. Estava louca? Talvez. Para os outros, provavelmente. Mas nunca se sentira tão limpa por dentro, toalha de mesa para dias de festa, rendada, branca e pura. Pronta para as manchas de gordura e vinho, para as migalhas, para os amassados do humor. Ou ao menos era o que imaginava, e isso era mesmo só o que tinha e saber disso era o que mudava tudo. Estava pronta, e só o percebeu porque desistira de estar pronta, porque rira de si mesma e a coceira no fundo da garganta gritou "vai fundo, mulher". Era uma voz grave e melódica, notas musicais que subiam crepitando lá de baixo. Chegavam lá em cima quentes, malemolentes e algo irônicas. Obedeceria com as pernas bambas.

3

Descobriu-se um ser de carne, osso e emoções. Se diria ainda uma mulherzinha frágil se contasse que, ao primeiro sinal de menstruação, sangue ainda escuro que os médicos, por pura falta de imaginação, chamam de borra de café, caiu em prantos. Enquanto as lágrimas escorriam, ela via pelo espelho uma mulher que ainda não conhecia. Uma mulher ainda velha, mas nem tanto. Mais acurado seria dizer uma mulher com medo de estar velha. Uma mulher, na verdade, com medos variados.

Era um grande e pesado saco de medos: medo recém-inaugurado de não conseguir engravidar (o que parecia um contrassenso para quem há pouco ainda não sabia querer engravidar), medo de ter perdido o bonde, medo de se descobrir seca e murcha, medo de ser levada por uma bala perdida, medo do amado ser levado do mesmo jeito antes de deixar seu legado orgânico, medo de perder os pais e suas rarefeitas referências, medo de perder a linha, medo do parto que tinha medo que não acontecesse, medo de não entender mais nada das aulas nunca mais, medo de perder a mão e as palavras, medo de atravessar a rua. Medo de ter medo, também, é claro, sendo esse o mais clássico dos medos. O medo de aranhas, curiosamente, tinha conseguido resolver ao menos em grande parte. Fizera uma regressão à sua infância e lembrara exatamente como tal pavor fora costurado em suas entranhas.

Eram muitas elas, as aranhas. Apareciam na casa solenes, sem hora marcada, como se o palácio a elas pertencesse, e de certa forma tinham razão. Vinham do mato em busca de um calorzinho no telhado, de um buraquinho qualquer de madeira que servisse de fundação para suas construções sofisticadas e firmes de uma maneira que desafiava a lei da gravidade. Ficavam lá, na delas, cuidando dos mosquitos, formigas e outros bichos com alguma sobriedade, quando eram, aqui e ali, assombradas por grandes cabos de madeira atrelados na ponta a escovas gigantes de cerdas duras. Eram como vassouras, elas diriam, se soubessem o que é uma vassoura. Geralmente tais instrumentos perigosos não faziam mais do que desmanchar suas obras de arte, mas não eram raras as vezes em que as cerdas quase as esmagavam e então não lhes restava outra alternativa a não ser fugir dali, num deus nos acuda geral e irracional. Era então que aconteciam os assassinatos. Eram mortas a paulada, chinelada, solada de tênis. Quando a vida se tornava menos do que um suspiro se encolhiam e resignadas se fechavam numa pequena bola, num arremedo de vida e forma, num montinho preto esvaído. Era aí que os adultos diziam ser preciso que todos ficassem atentos porque, se uma delas fora morta naquele canto, deveria haver outras por perto. Seriam da mesma família.

Horror. Quer dizer então que a matriarca de uma grande família poderia ter sido morta? A velha, então ainda uma criança, entendeu imediatamente o que sua mãe costumava dizer: "Elas têm mais medo de você do que você delas". Mas é claro. A velha no corpo de criança nada mais era do que uma serial killer, psicopata das boas porque prematura, diabinho em miniatura, coisa ruim promissora. Era das piores porque, num estilo mafioso, nem sujava as próprias mãos: mandava matar e passava as mãos uma na outra ao saber do trabalho cumprido.

Começou ali, em cada átomo do seu corpo e consequentemente em cada unha e fio de cabelo, a acreditar em revanche. Sabia que um dia elas voltariam para vingar todas as gerações massacradas a pauladas. Começou a ver nelas figuras mais diabólicas do que seu próprio reflexo, criaturas do mal alimentadas pela raiva, mas discretas, passos rápidos e imperceptíveis, movimentos estudados para o grande pulo. Elas estavam à espera, debaixo da cama, nas quinas das paredes, no teto, em lugares que ela, a menina-velha, não veria – e não teria tempo mesmo para ver nada antes da grande tortura a que seria submetida. Aí sim ela veria tudo, e sem poder se mexer nem gritar.

Mesmo se tentasse ela não conseguiria relatar o roteiro de sua derrocada. Basta dizer que pediria para morrer logo, alegando já ser velha apesar do corpo de criança, mas elas seriam irredutíveis e cruéis até o último segundo, subindo pelo seu corpo até que a velha se encolhesse como suas mães o fizeram, até que ela mesma virasse uma bolinha preta e sem vida e pudesse ser queimada, até que ela também tivesse suas próximas gerações abortadas.

Com dor no ventre, entendeu-as como ninguém. Ficou imaginando se, enfim, ela estaria perdoada. Acreditava que sim, mas a sua cólica e seus parafusos paranoicos jogavam pulgas irritantes atrás das suas orelhas. Pensou em tomar um analgésico e resistir bravamente. Faria isso assim que acabasse de chorar como uma maria madalena arrependida. Assim que pedisse perdão a elas e sentisse que estava perdoada. Assim que vislumbrasse uma trégua, uma era de paz. Ou assim que conseguisse levantar da cama e tirar a teia lá de baixo.

Tinha dores pelo corpo quando saiu da aula. Sublinhou no caderno a frase quando o professor disse que a opinião pensa mal. Sim, tomaria o cuidado de ter menos opiniões sobre si mesma. Era mesmo um fastio pesado e grudento acompanhar qualquer conversa que começasse com eu-sou-uma-pessoa-que. Eu isso, eu aquilo. Sopas egoicas vazias e sem nutrientes. Fachadas rachadas, discos arranhados. Lembrou de uma ex-colega de profissão que, quando a encontrava, passava horas a fio falando de si mesma e de seus intermináveis problemas, numa masturbação existencial sem precedentes. Andava enjoada disso tudo, cansada de dramas baratos, impaciente com máscaras podres. Ernest Becker provavelmente estava certo quando disse que a neurose resume todos os problemas da vida humana. E no entanto seria metafísico dizer que aqui e ali estão cérebros iguais, assim como seria inglório achar que são tão diferentes assim. A única saída era achar cada vez menos. Isso incluía, é claro, e talvez fosse esse o melhor efeito colateral de tal escolha, falar cada vez menos. Pensou em fazer um retiro com voto de silêncio e só não levou a ideia adiante porque não queria perder as aulas. Também precisava trabalhar, é verdade, mas ultimamente isso era um mero detalhe incômodo. Podia fazê-lo em silêncio na maior parte do tempo.

Era também em silêncio que lia coisas horríveis e engraçadas como Bachelard afirmando, em outras palavras, que ser alguém é ser um sujeito que não serve para ninguém. É preciso que ele, tal pobre sujeito, se dê o valor. Há portanto algo de objetivo no mundo das sensações, pontuaria Descartes, assim como algo de formal na abordagem do mundo, completaria Kant. A vida era mesmo um empilhar incessante de referências, a própria folha em branco dobrando-se sobre seu clichê. Já sabia a esse ponto ser impossível a metafísica, regulamentado que estava o trabalho da razão pelas ideias modernas do que vem a ser o mundo, restringido seu uso transcendental à aplicação do sensível. Já estavam dentro dela essas ideias, dentro do útero tão vazio que fazia eco aos pontos de interrogação que caíam lá de cima.

Sendo o sujeito aquele que não se justifica e que principalmente não se explica, deu-se uma folga. Tentaria pensar menos. Iria ao shopping, tomaria sorvete, fingiria ser uma mulher normal a ponto de fazer as unhas. Veria o tempo como aquele dito pelo relógio. Compraria flores, experimentaria vestidos da moda, colocaria suas pernas para passear como se nada fossem, como se os dias pudessem ter esse significado impunemente, como se houvesse apenas palco e não coxias, como se o que valesse fosse mesmo o flash da foto e depois o photoshop para clarear os dentes e quem sabe as mechas, como se nas prateleiras do supermercado estivessem todas as metáforas importantes e como se tivéssemos dinheiro suficiente para passá-las pelo caixa.

Ah, como seria belo o dia. Sem grandes mergulhos nem agitações na superfície. Vazios e buracos domados por tarjas pretas, caminho livre para a sedação de olhos abertos, vidro fumê e janela com rede de proteção, óculos escuros e salto alto, rímel e batom, perfume e alguma encenação. Seria um dia irretocável que acabaria com falas amenas à mesa, sorvete de sobremesa, novela na televisão, conversas paralelas fingindo alguma comunicação entre si. Um dia redondo, questões incômodas em suspenso, liquidações falando mais alto do que a própria voz. Quando, durante esse dia perfeito, sentisse lá nos cantos do corpo alguma insistente pontada de angústia, compraria balas, chicletes e trufas de chocolate.

Acordou de ressaca e não achou estranho, mesmo sabendo não ter bebido uma gota de álcool na noite anterior. O problema é que ela sabia ser o equipamento humano uma construção filosófica, "aquilo que ainda há de ser construído", dissera Foucault. Céus. Como teria assim alguma paz na vida? Como alguém poderia aguentar tamanha ladainha humanista?

Procurou distrair a cabeça lendo os jornais do dia, mas lembrou que cancelara suas assinaturas. Pensou em entrar na internet, mas teve medo do Google. "O gozo é o que em mim não sou eu", lembrou, e sentiu a cabeça latejar. Quem tem problema com o desejo é o neurótico e não o perverso, continuou a frase mental. Voltou a dormir, ou ao menos a tentar. A força não estava no virtual nem no real, mas na relação entre eles. Rezou para não lembrar dos seus sonhos. A vontade é livre mesmo que você não a identifique. Mesmo o conhecimento tem que passar pelo sensível. Levantou para beber água e pedir arrego. Deitou de novo. Se a experiência fosse mesmo só subjetiva, ninguém se entenderia. Liberdade é diferente de livre-arbítrio. Pensou em tomar um comprimido.

    Finalmente dormiu. E repetiu o pior pesadelo da infância. Ela entrava no quarto dos pais e via a mãe de costas. Quando ela se virava, respondendo ao seu chamado, a figura era de puro terror. O rosto de sua mãe dera lugar a uma caveira que mal equilibrava a peruca loura de corte Chanel com franja. O grito saiu de algum lugar mais fundo do que a garganta e fez com que seu pai se aproximasse. Ele seguiu até a sapateira de pano pendurada atrás da porta de madeira e, num movimento rápido e seguro, pegou uma espingarda. Com a espingarda apontada para ela, a velha sentiu que seu corpo de criança já não mais lhe pertencia. Aquele saco de pele trêmula foi deixado ali, na porta do quarto, como uma roupa despida às pressas. O que restou do conjunto que fazia circular algum sangue ela não sabia. Ao contrário do que fizera na infância, no entanto, dessa vez não gritou. Lembrou do medo que teve na época ao gritar pela mãe assim que acordou, grito transbordando do sono agitado para compensar a garganta muda do pesadelo. Só a ideia de ver aquela cena repetida em plena vigília enegrecida pela madrugada já dava arrepios graves. Fingiu ter gritado dormindo e deixou o resto para a luz da manhã, sempre carregada de alívio.

Por muito tempo, guardou segredo sobre o pesadelo. Depois pensou em criar uma junta médica para analisá-lo, alguns psiquiatras haveriam de chegar a um consenso a respeito. Também pensou em fazer psicanálise, mas como essa opção era muito perigosa para os buracos da verdade, desistiu. Ficaria com a psicologia e ela, a psicologia, não daria muita bola para o assunto. Pesadelos como esse seriam comuns na infância e indicariam medo da morte dos pais. O fato do medo parecer mais o de ser morta passou como um detalhe. A psicologia pode ser muito subjetiva. Deixara então de lado o assunto e só o recuperava agora que sentia sua própria caveira procurando por uma peruca. Mas ela não seria loura nem Chanel. Havia grandes chances de ser ruiva como a Lady Lazarus. "I raise my red hair / And I eat men like air".

Depois de dez anos embotadas pelas pílulas tricolores, as cólicas ressurgiram violentas, vingativas, pancadas secas no útero ignorado, contrações de mágoa nervosa e antiga. Arrastava-se pela casa com o corpo retorcido, encolhia-se na cama e tentava respirar fundo. Doía. Colocou um anti-inflamatório debaixo da língua e no dia seguinte, além das cólicas, também tinha de brinde uma boa diarreia. Ao menos não vomitara por duas horas seguidas, como da última vez em que mandara o estômago parar de produzir prostaglandina. Abdômen inteiro em crise e a cabeça ia junto. Não podia esquecer que era miserável a condição humana. Nem vestidos nem perfumes escondem a questão. O que acontece é um pacto de loucura, pacto unânime de aceitação do impossível. Ser louco por solidariedade aos outros, pela construção do possível, já lera de Clarice Lispector. E mais do blablablá inglório debaixo do travesseiro.

Então era um útero doído, uma barriga indisciplinada, uma cabeça com verborragia neurótica. Já tivera dias melhores. Com medo de replays do pesadelo, tomou um calmante. Então era um analgésico, um laxante que se dizia anti-inflamatório e um calmante. Nenhuma das bulas parecia se importar com as outras. Falavam a mesma língua e, de certa forma, eram cúmplices daquele castigo sem lei. Qualquer ordenação entre elas seria pura ficção. Então era isso. Que a velha se virasse com sua menopausa ausente e dolorida, mesmo que para isso precisasse se sentir um pano úmido torcido e mofado. Se fosse religiosa, diria que era uma provação. Como não era, diria ser apenas mais um pesadelo difícil.

Quando a tempestade passou, achou que jamais conseguiria pensar em sexo de novo. Sentia-se magoada por dentro, surrada, doída de desaponto. Parecia difícil recuperar a sensação quente-fria do abismo. Mas isso era só porque ainda não entendera que passara a ser governada por hormônios recém-chegados, vitoriosos na batalha sangrenta contra fiapos de cérebro, ciosos de seu papel no dia a dia da pobre mulher velha. Rá. Ela iria ver o que era bom pra tosse.

Como se não bastasse o seu destino de farpas, começou a estudar Foucault. Na peregrinação em busca de algum Sujeito, sua angústia desceu mais alguns centímetros epiderme adentro. Atingira as vísceras e os lábios deram para ficar dormentes, assim como quem desiste de falar e sente a boca trêmula. Começava a se sentir, aqui e ali, um pequeno e magro fantasma, pálido e tímido, incapaz de assustar a menor das criaturas a não ser a si mesmo. Ainda mastigava a ideia kantiana de agir moralmente para ser livre quando se deparou com a rebeldia de Foucault e suas tramas, seus diagramas do poder quase inabaláveis, seu dedo apontado para a falsa liberdade. Pensar dói, lembrou. Doía mesmo, mas a cabeça, com pena do Masoki, se recusava a participar da enxaqueca. Que viesse mais e ela explodisse, que se danassem as aspirinas.

Na medida em que aprendia que existir depende da categoria do entendimento, sentia-se numa foto velha e manchada que ameaçava desaparecer. Finitude expressada no corpo incumbido de construir seu mundo. Newton então seria uma prova de que a ciência existe de fato. Mas se até o cético tem critérios racionais e logo não pode ser cético em relação à razão, havia algo de contraditório no ar. Ao mesmo tempo, não seria então estranho pensar que carne e osso supõem razão e liberdade. Até dar de cara com Foucault e voltar à casa 1 do jogo. Quem dissera, afinal, ser a verdade algo de comunicável?

Sabia ser uma fissura entre o real e o simbólico, sabia ser a existência uma insistente categoria do pensamento, sabia que ser livre dava muito trabalho. Sabia não haver bem nem mal no mundo da molécula, sabia ser recomendável respeitar o mundo da física, mas também sabia ser a depressão nada mais nada menos que um vale profundo, um entreabismos, fenda aberta com direito a longos ecos de inúteis pedidos de socorro. Sabia principalmente sentir-se deslocada, serzinho contemplativo num habitat ativo por excelência. Quando se dava conta de tal despropósito pensava em encher a cara, mas até para isso tinha preguiça nos gestos lentos. Pensava então em parar com o curso e tentar brincar de casinha, mulherzinha esperando o homem cansado chegar em casa, papinho cricri, conteúdo crianças e criados, vestidinhos juvenis em corpo de mulher adulta, babados e golas coloridas fora de hora, beicinhos fúteis. Sentia enjoos e não era de gravidez.

Procurava cegamente por certa hierarquia de valores e cegamente não enxergava nada. Subjetivismo não era mais do que a realidade que depende da constituição do sujeito que a conhece. Aferrar-se a um saber também pode ser chamado de neurose. Lembrou de quando pensou o nada pela primeira vez.

Ainda era uma criança e mirava, olhos estatelados, os azulejos do banheiro. Foi quando levou um susto que rebateu no oco da cabeça. Se ela não estivesse mais lá, os azulejos não deixariam de existir. Continuariam lá, fitando os olhos dos irmãos que não fitavam os azulejos (ao menos não lhe parecia). Travou a garganta e sentiu uma leve secura na boca: morrer era simplesmente deixar de ver uma parede de azulejos com desenhos beges e amarelos. Então deixaria de ser olhos e sombra e seria um nada, o que era impossível de se pensar porque, uma vez pensado, o nada deixava de ser nada e passava a ser algo pensado como tal. Ela ainda não o sabia, mas naquele momento rompeu com o ser e ficou com a ideia. Tornou-se moderna, enfim. O real não estava nela.

Seriam um tanto duros os anos asmáticos que se seguiriam. Não que a asma tivesse algo a ver com isso. Era justamente por não ter que atrapalhava tanto. Era só mais uma armadilha tornando perigoso o caminho, era um vento contrário às velas, exigindo agilidade para cambar, mas seu corpo duro e enferrujado travava o mastro e fazia o barco virar. Engolia água salgada, ficava com os olhos vermelhos e, é claro, sem fôlego.

    Mas se recusaria ao afogamento. Comeria as águas-vivas e queimaria o couro ao sol no seu arranque à praia. Chegaria um dia à areia sôfrega e virada do avesso, mas não morreria. Não enquanto estivesse viva. Se Descartes era o coveiro do Sujeito, entregue então à ciência, única agora autorizada a se ocupar do homem, deixaria de lado a sua pá e cessaria as escavações, o que seria ótimo, aliás, para os seus pulmões. Mas não para as bombinhas.

    Seus pés já sentiam a areia quente e via sua barriga crescer, o que só podia significar uma gravidez psicológica. Retomou contato com as balanças e percebeu ter engordado quatro quilos. Coisas da idade, disseram. Naqueles quilos extras estavam muito vinho e angústia e uma certa dose de remédios psiquiátricos, mas ela não queria falar sobre o assunto. Não se sentia deprimida, apenas fora levada a aceitar um ligeiro empurrão químico, assim como quem pega uma onda para evitar o cansaço no nado até a praia. Evitaria caixotes também, dissera a médica, em outras palavras obviamente. Os médicos podem ser muito objetivos.

    A verdade é que, apesar da pança que crescia a olhos vistos, gostou da carona. Seus receptores de serotonina, com riso frouxo e babões, agradeciam a força aos pulinhos e gritinhos alternados. Cantavam e dançavam pequenas coreografias constrangedoras e batiam palminhas. E faziam tudo isso porque não saíam de casa, portanto não precisavam ter medo do ridículo. Eram showmen e ao mesmo tempo plateia, e a plateia achava os números em cartaz muitíssimo engraçados.

Do lado de fora, os esquetes também ficaram mais interessantes. A velha rabugenta se pegava às vezes pensando em como era boa a sua vida e ria sozinha se perguntando se tudo aquilo era verdade: que trabalhava com o que escolhera trabalhar, que morava onde morava e que vivia com quem vivia e era vivida de volta. Tinha senso crítico, no entanto, e horror de pieguice, então logo vestia de novo o uniforme alemão, suspirava fundo, fechava a cara e reclamava de alguma coisa como o trânsito, por exemplo. O trânsito, mesmo no mundo das pantufas psicotrópicas, é sempre o trânsito.

Calças apertadas, as aulas continuavam. Deus, para Descartes, era um supremo engenheiro. O pai da velha também era engenheiro, assim como seu primeiro namorado. Uma certa admiração pelo universo algébrico. Viria a ser boa em matemática, mas assim que aprendeu a escrever e viu vovó e uva penduradas num varal mágico de palavras entendeu que fazia parte do mundo das paixões, aquele onde Descartes dizia serem as ideias muito confusas e obscuras. Ser linguagem é diferente de ser luz e, apesar de todos os esforços, a existência não se dissolve quando não se tem palavras para contê-la. Segue-se então tentando por não menos tempo do que toda a vida.

Moderno é romper com o passado, aprendeu. Talvez tivesse que romper então com seu avô materno, que fizera alguns abortos na sua avó e se suicidou muito anos depois. Causa desconhecida. Parece ao juiz supremo que os abortos não estão entre os suspeitos. O réu continua sua defesa lá em cima, gritando que fez o que fez porque estava a fim e não acreditava em deus mesmo, principalmente depois do que vira na guerra, e que eles não enchessem o seu saco porque ele ainda era médico e poderia descer para dar injeção em todo mundo. Era a sua maior ameaça à velha no corpo de criança mimada, ao menos (os seus brados atuais são indecifráveis, portanto é preciso se aferrar aos antigos).

Recentemente, tentando meditar, a velha recebeu a visita desse avô. Tinha a cara redonda de sempre e usava bigode. Estava ali para pedir desculpas pelos abortos. E também para dizer que a mãe da velha não tivera culpa nenhuma pelo seu suicídio. Fora coisa dele mesmo, e que deixassem pra lá, que seguissem com as suas vidas e o visitassem se quisessem na enfermaria montada no terceiro andar da sua casa. Continuaria dando expediente, que a vida lá em cima também é cara. A velha abriu os olhos molhados e queria entender que não fora a sua imaginação. Tinha ali diante de si uma escolha: acreditar ou não. Passou adiante.

Semana depois, meditou de novo. Aprendera uma nova técnica num curso de meditação transcendental. Ganhara de um guru indiano de verdade um mantra secreto, só seu, que deveria ser recitado apenas mentalmente. No dia do curso, achou o mantra muito bobo e curto, mas então lembrou que os dias são assim, bobos e curtos. Pensava tanto e em tantas coisas que a cabeça às vezes fervia. Por fora parecia sempre muito calma, muito tranquila, velha quieta e cordata, gestos contidos e educados, mas por dentro vivia em meio a tornados e furacões dos mais violentos. Como automedicação adotou a posição de lótus, cujo único efeito colateral era uma leve dor nos joelhos ocidentais. Meditou uma, duas, três vezes. Gostou do que sentiu. Era como se crescesse no ar e ficasse mais leve. Também gostou de ver pequenos caleidoscópios coloridos, violetas principalmente. Continuaria. Achava não ser contraindicado meditar e estudar filosofia, não ao mesmo tempo e não necessariamente nessa ordem. O mundo laico pode ser muito receptivo.

Assim como rejeitara a ideia de estar deprimida, afinal ninguém melhor do que ela para saber que seus botões ainda cintilavam, rejeitaria também a ideia de estar velha demais para a maternidade. Seus óvulos haveriam de concordar. Questionaria o pensamento consagrado, perguntando quem diabos o consagrou afinal de contas. Se até a modernidade que parecia infalível se esgota, por que se daria ao trabalho de acreditar mais do que meio corpo nos médicos? Decidiu acreditar tão somente de banda, de lado, quase saindo do esquadro, praticamente fora do ângulo que ilumina a leitura da ficha médica. Existiria nas entrelinhas. Respiraria nos intervalos, nos acasos, nas horas quietas escondidas por trás das horas falantes. Há sempre um silêncio por trás de um falatório. Estava aos poucos encontrando o seu. Quem sabe assim seu zumbido no ouvido melhorasse. Que ele entendesse que não mais precisava encobrir com cortinas de veludo pesadas e vermelhas o silêncio azul-claro. Que ele descansasse, o ouvido poderia finalmente trabalhar sozinho.

O sexo começou a ficar diferente. Agora que ele tinha uma indisfarçável função reprodutiva, a mecânica era quase mais importante do que o gozo – o que era muito confuso porque, ao mesmo tempo, o prazer não deixava de existir. Então os dois, prazer e dever cívico de reprodução, se esbarravam no corredor a todo momento, o primeiro muitas vezes querendo impedir o segundo de passar, mas tomado imediatamente de dor na consciência e medo de atrapalhar a vida – literalmente. Não podiam perder o fio da meada, o capítulo da hora, destino da viagem. Mensagens cifradas para o corpo confuso, mas sempre solícito. Deram-se trombadas e algum constrangimento. Eram corpos sedentos e famintos, mas cientes da sua frugalidade.

A subjetividade cresce onde o poder seca, aprendeu com Foucault, ainda deitada na cama. Percebeu também que ao se expor desse jeito ganhava de brinde um certo saber, ao mesmo tempo em que corria o risco de com isso desaparecer de vez. Falar franco é abrir o verbo para o fracasso. Não estava bem certa se poderia pagar o preço, mas, bolsos vazios, não tinha mesmo muito a perder.

Passou a ser conduzida por uma montanha russa hormonal. Quando menstruava, permanecia deprimida e cabisbaixa por mais ou menos dez dias, para então se transformar de novo em mulher eufórica e vibrante, desejada e desejante, esperançosa mais uma vez por alguns dias antes do mau humor que antecedia a evidência da não gravidez. Passaria então metade da vida com o nariz para fora e metade feito avestruz, com a cabeça enfiada num buraco. Metade dia, metade noite, convencida à força de que o mundo é sim feito de dualidades, como insistem os orientais, ah, os orientais. Parecia injusto esse desnível, essa falta de equilíbrio, essa piada psíquica infame. Mas ninguém lhe dissera que as coisas seriam justas a não ser ela, velha ainda crente em alguma moral sobrevivente, algo de decente que pudesse vestir com razoável elegância as atitudes alheias. Bobagem. Enquanto seus pares enchiam o bucho, o que via saltitar aos olhos na maioria das vezes eram bolhas narcísicas que subiam até o teto, estouravam e desciam escorrendo pelas paredes feito sabão. E não era por isso que as paredes, sempre muito pacientes, ficariam mais limpas. Seus rodapés pareciam um tanto mofados e as quinas falhavam em esconder rachaduras.

Sentia vontade de jogar muita coisa fora. Começou a ter sonhos recorrentes com fezes e, constrangida, pesquisou no Google qual seria o significado de tal falta de classe do seu inconsciente. Viu que precisava se libertar de antigas crenças, de traumas, de emoções contaminadas como água parada, de impressões mal digeridas. Pela primeira vez, acreditou no acervo sagrado da internet. E em Jung, já que o artigo que explicava tudo isso era baseado nos seus estudos e em como os bebês se relacionam com as fezes, suas primeiras e orgulhosas produções através das quais aprendem a se comunicar com seus pais ou cuidadores. Precisava então se libertar de velhas lições e abrir espaço em seu intestino emocional. Andava precisando de novos nutrientes, outros além do ácido fólico e das vitaminas C e E que já engolia todas as manhãs. Daria tudo para conseguir comprá-los no supermercado ou no hortifrúti. Tornaria menos odiosas as compras da semana.

Sabia também que estava agindo como uma criança

mimada, incapaz de lidar com suas frustrações. Expectativa e frustração eram o combo promocional predileto do seu cardápio. Sabia disso perfeitamente, mas saber disso não fazia com que se sentisse melhor. Se pudesse recorreria a outras tarjas pretas, mas a ironia da situação era essa: que ficasse impedida, pela expectativa de uma nova vida, a tornar mais mastigável a sua própria existência; que se virasse com a ioga e suas energias telúricas. Dessa vez engoliria a vida praticamente a seco, sem colher de chá.

Procurava então como nunca por conhecimento que também seria, na fala de Kant, conformidade, algo que servisse de elo entre o que se diz e o que se vê, que correspondesse o visível ao dizível e ao dito. Frases e proposições, as primeiras ditando o certo e o errado, as segundas regidas pela lógica e articuladas ao predicado do sujeito e à argumentação do verdadeiro versus falso.

O que é certo no momento em que se decide ter um filho? É certo que não se pode ter medo de alguém que ainda não conhecemos, pensou. Não é sabido ainda seu sexo, seus olhos, seu rosto, as mãos, nem se há beleza ou não no nariz, na boca, se há uma ou outra determinada cor no cabelo, nem mesmo se há cabelo. Não se conhece o seu cheiro, o jeito de se mexer, de olhar, de chorar, de dormir. Nem se é esfomeado ou se come pouco, se vive com sede ou bebe feito passarinho ou nem uma coisa nem outra; tampouco se senta torto ou dorme de lado, de bruços ou se nem gosta de travesseiro.

Como, perguntava-se então a velha de ovários sonâmbulos, como era possível ter medo de uma pessoa que nunca vira ou tocara?

Então, sentada na cama e apoiando o caderno na pilha de travesseiros, foi como se as perguntas rissem delas mesmas. Não havia respostas, mas sim um atalho: era a questão que estava mal feita. O problema não estava na falta de respostas, mas na péssima qualidade da pergunta. O que diferencia uma vida interessante de outra enfadonha, aliás, é a natureza de suas perguntas. O importante não era ter ou não ter medo de alguém que ainda não se conhecia. O importante mesmo, e nesse momento ignorou o medo de ser piegas, era já amar alguém que ainda não existia.

Aprendeu que o eu dito está no campo da reflexão e que, portanto, é a linguagem quem dá consciência. Bingo. Eu digo porque não vejo, e vejo porque não digo. Não existe matéria visível, só "linguageira", como dizia o professor – não mais o que também era analista. Mudara de turma. As questões eram as mesmas, mas não mais vinhos em canecas, não mais risos histéricos.

Estava agora numa turma asséptica, muito lida, familiarizada com o assunto, formalizada em tal área de interesse. Brocha, uma turma brocha, mas valia pelo conteúdo das aulas – pelas páginas anotadas sofregamente, pelas piadas do professor que sabia bem dos sustos que era capaz de causar. Mas a instituição, como bem diria Foucault, trata de absorver toda e qualquer marginalidade. Então se permitia ficar lá, na casa de cursos variados para pessoas interessadas em se tornar interessantes, velha respeitosa e ereta, caneta e ouvidos atentos. Experimentava um prazer mais sofisticado e elegante. Mais frígido também, obviamente. O visível é um meio ocupado.

Se é o enunciado que domina o visível, e se o visível é autônomo, assim seria ter um filho. Dar espaço à vida e, no entanto, saber que ela é livre, que tem a sua própria hora e consentimento. Frustrar-se por não vê-la chegar, portanto, seria entender um filho como um projeto com prazo, e não um ser independente. Autonomia, afinal, é dar as leis para si mesmo, e deve ser isso o que um espermatozoide potente faz antes de furar barreiras e deixar seus concorrentes para trás. Eureca. Seguiria pensando assim. E como a ação do homem livre é aquela que representa seu pensamento, lutaria por ser engendrada por ele.

4

As coisas começavam a fazer sentido, o que não deixava de ser preocupante. Sendo a matéria do discurso aquela criada por ele mesmo, o discurso, sentia que suas frases e proposições ganhavam ares quase divinos. Era risível pensar em tal metáfora, mas era como se tivesse uma varinha de condão. Era só o que faltava agora escrever conto de fadas, mas fazer o quê, era essa a impressão. Seus receptores de serotonina deviam estar trabalhando dobrado e dariam urros de euforia ao ler este parágrafo.

Riu ainda mais de si mesma quando se viu, calendário à frente dos olhos, calculando seu período fértil. Gargalhadas silenciosas na garganta cúmplice. Mas nem a linguagem pode ser um caligrama nem o visível pode ser um discurso, portanto sabia estar rindo de algum personagem que não era bem o seu. Mesmo assim, achou por bem abraçar o roteiro. Deus é bondoso, aprendera com Descartes. O único problema era a distribuição irregular de tal bondade. Enquanto não fizessem uma reforma agrária nos céus, continuaria difícil colher suas benesses, colheita tardia sujeita às intempéries do clima e do aquecimento global.

Por outro lado, também sabia que falar tudo e compreender tudo levaria qualquer mortal à loucura. Ser louco não é nada mais do que ter tudo só seu e do seu jeito. Entre quatro paredes, desde que inventaram o mundo privado, todos são plenos candidatos a manicômios. Ou a doutores Bacamartes, o que dá mais ou menos no mesmo, como deixou bem claro Machado de Assis.

Outro dia, escutava na rádio uma psiquiatra falando de transtornos obsessivos. Dizia que as manias só podiam ser consideradas doentias quando afastassem o dito maníaco da vida social e profissional. Antes disso, todo mundo teria direito a uma sandice ou outra. Rá. Então bastaria acordar duas horas mais cedo e começar todo o seu ritual de alongamentos, exercícios de respiração e outras manias da vida saudável. Desde que descesse na hora certa para o café da manhã, estavam liberadas as suas quarenta e uma sequências de pranayamas, seus vinte e três alongamentos e seus dezessete minutos de meditação transcendental – sahaj samadhi para os íntimos. A soma de todos eles deve dar um número primo (não que lembrasse o que viria a ser um número primo), mas a loucura é privilégio de poucos. Enquanto isso, enquanto não enlouquecemos por solidariedade aos outros, dizemos sempre algo pelo preço de não podermos dizer outras coisas. Nenhuma língua é feita para compreender qualquer coisa que seja, já sabia a velha. Mesmo as palavras fenda, vazio e angústia têm significados diferentes em outros países. Nesses casos, só a poesia salva.

Ter um filho, afinal, também seria algo de intraduzível. Vida em estado bruto num mundo mortificante. Aprendera com Foucault que habitava um mundo constituído pela morte: morte do pensamento que teme a loucura, morte da ação que teme a delinquência, morte do organismo apavorado pela doença. O homem tornara-se, enfim, um ser definido pelo negativo. Falha, fracasso, morte, falta. Flâmulas castradoras que esteiam o mundo moderno. Pensar em uma criança habitando tal mundo lhe parecia quase uma maldade, então procurava se distrair.

Resolveu tirar férias. Levaria sua pele branca e seus miolos velhos para a praia. Algum sol e água salgada lhe fariam bem. Lembrariam que o mundo ainda é de verdade, ainda suja os pés, molha os cabelos e faz arder a vista cansada de tanta luminosidade. Recebera mesmo de um médico a seguinte prescrição, devidamente registrada na receita com letra quase ilegível: "Ir à praia regularmente". Primeiro considerou aquilo uma piada, mas depois lembrou que aos médicos é proibida a ironia, sob pena de processos jurídicos. Os médicos têm tanto medo de processos como os mortais do câncer. Parece uma batalha justa, aliás, medos equivalentes sustentando os status daqui e de lá. Então percebeu que o médico falara sério e se perguntou seriamente por que estava solta e livre e não numa clínica de repouso. Devia estar péssima para receber tal prescrição, pensou, e meteu o protetor solar na mala, além de dois livros e seu caderno de anotações. Precisava estar prevenida para os dias de chuva.

É claro que nem as férias lhe tiravam dos ombros a

incômoda impressão de que não era livre. Não completamente. Ninguém o é, e poucos se conformam. A morte está à espera na esquina a qualquer avançada de sinal. Literalmente ou não. A priori incômodo esse. Durma-se com isso, com a certeza de ser um ente da linguagem que murmura e resmunga sem cessar como se pudesse, por reforços repetitivos behavioristas, mudar o curso de seu destino final. Não pode. O poder é aranha cega e muda que, no entanto, dá a ver e a falar, já aprendera. E uma das coisas que ele fala é que é impossível habitar o lado de fora, lá onde não se existe e, consequentemente, não se respira. Pensar seria então pequeno espasmo entre grandes inevitabilidades. E o que seria resistir? Precisava urgentemente de um banho de mar.

Tinha coceiras internas. Vinham do fato de saber que se dobrar é se voltar para a própria força, se voltar para si mesmo portanto, o que também seria meter o nariz nos próprios medos. Sabia estar fazendo algum tipo de resistência silenciosa, resistência ao vazio aguado, ao não pensar, ao vácuo da não reflexão. Provavelmente não serviria para nada isso, a não ser para salvar sua própria vida em vida, o que seria mais um ínfimo detalhe num grão de areia. Seria apenas a felicidade de um pé namorando uma onda, banhado por ela em êxtase, afundado na verdade granulada do presente. Seria tão pouco que não mudaria em nada o cenário de praias inteiras. Ao mesmo tempo, seria tanto que recuperaria tempos mortos, intervalos necrosados pelo dia a dia, brechas mofadas do pensamento, gordos parênteses entre um bom-dia e outro. Começou a gostar de olhar o comprido dos horizontes. Dobrar-se sobre si mesma também seria governar-se, princípio primeiro da subjetividade.

Em tal governança ainda se sentia um trem descarrilado. Enquanto seus dormentes rangiam, seus olhos procuravam ávidos por um maquinista qualquer. Quando criança, costumava sonhar estar dentro de um carro dirigido por ninguém. Era sempre um susto estar seguindo um caminho desconhecido. Achou graça quando lembrou que atualmente a tecnologia faz coisas parecidas. Um GPS hoje resolveria o pesadelo de ontem num instante. Como diria o guru MacLuhan, toda tecnologia é uma extensão dos nossos sentidos. No entanto, também é fator que amputa, castra e cega tais sentidos agora inúteis. Atrofia inexorável da modernidade. Mas não lhe parecia estar a maternidade dentro de tal pacote. Esse era enfim um mapa sem GPS, resistência primeira e última de um Adão inocente. Precisava urgente de uma caminhada na praia. Quem sabe ainda de uma caipirinha.

Também suspeitava estar precisando de mãe, mas andava distante da sua, preço justo da independência. Cair do ninho era se estatelar no chão e era nisso que andava se especializando. Criara arames farpados para delimitar sua área de tombos, e agora pagava caro pela manutenção de seu parque particular de tropeços. Melhor assim, pensava, carente de colo e de ajuda. Defenderia sua prole com unhas, dentes e alguma saliva projetada se fosse preciso. Sujeito é aquele obrigado a encontrar seu próprio valor. Buscaria sozinha os galhos do seu ninho, afinal tinha asas e elas não eram podadas como as de seu papagaio.

Como nunca passara por crise existencial tão aguda,

começou a pensar com algum horror em como as pessoas conseguem ter filhos como se nada fosse. Era algo como ir à padaria e depois ter filhos, pagar as contas no banco e ter filhos, comprar carne e ter filhos, xingar o chefe e ter filhos, consertar o carro e ter filhos. Como era possível fazer algo tão grave com tamanha displicência? Como dar vida a outro ser como quem compra uma planta? Como não morrer de susto apenas com a mera ideia e não reencarnar de pavor com o ato propriamente dito? Será que a gravidez emburrece? Será que, uma vez concebido o brotinho de feijão, todas as questões cessam e dão lugar a preocupações como a compra de um berço ou de um papel de parede? Alguém por favor poderia responder isso a uma pobre velha em profundo e genuíno desespero?

O que mais a apavorava, no entanto, era o tamanho do seu paradoxo. Apesar de todas essas questões, não tinha mais dúvidas de que realmente queria ter um filho. E quando pensava nisso tinha uma vontade quase irresistível de se internar por conta própria. Aí sim não ofereceria nenhuma resistência. Soltaria os braços, relaxaria o corpo e entraria leve e lânguida numa camisa de força branca e limpa. Abriria a boca cordata e engoliria, muito obediente, todos os comprimidos a ela endereçados. Dormiria profundamente como um bebê.

Sêneca foi o único que sobreviveu a Nero, e mesmo assim porque pediu para se matar antes. Grande arte da vida essa, a de saber como se aniquilar. Mesmo Sócrates, antes de morrer, disse que devia um galo a Esculápio, deus da medicina, e pediu a um de seus discípulos que pagasse sua dívida. Considerava-se curado da pior das doenças, aquela que atrofia a garganta e a impede de falar a verdade. Ele ainda não ouvira falar de Heidegger, mas já sabia que pensar é algo violento antes de ser algo libertador.

Não estranhou a velha quando soube por uma pesquisa que, para alguns adolescentes, a simples informação de que é possível se matar seria suficiente para concretizar a ideia do suicídio, assim como quem decide ver um filme muito bem recomendado. Dar cabo à vida parecia-lhe mais simples do que dar, literalmente, espaço a outra vida. Não que pensasse em se matar, já passara dessa fase, mas entendia profundamente os adolescentes pesquisados.

Sua própria adolescência não fora lá um mundo cor de rosa. Nada de grave acontecera, mas as angústias não deixavam de pipocar no seu rosto, como lanternas vermelhas gritando "pare". Lembrando bem agora, tivera alguns comportamentos autodestrutivos, embora não pensasse em nada parecido quando descia ladeiras muito íngremes a toda velocidade na sua caloi cross, nem quando permanecia sentada no fundo da piscina, testando os limites de seus pulmões e esperando por aquele momento em que seus ouvidos zumbiam e parecia que ia desmaiar. Nem mesmo quando incendiava bolotas de algodão na mão sentia estar fazendo algo muito grave. É do mundo da maturidade a noção do perigo.

Agora, velha que era, sabia bem demais os perigos que corria. Mas nenhum deles – nem mesmo o de bala perdida ou o de aranhas – era maior do que o medo da maternidade e, ao mesmo tempo, o medo da não maternidade. Do primeiro se ocupavam o aborto espontâneo, a diabetes gestacional, a Síndrome de Down, medos devidamente demarcados pelas estatísticas, ah, as estatísticas. Sobre o segundo se ocupavam os comentadores de plantão, que diziam em afinada sinfonia que ela precisava relaxar, que precisava esquecer o assunto, focar a atenção em outra coisa, se distrair. E logo vinham as irritantes histórias de mulheres-que-só-engravidaram-depois-que--desistiram-de-engravidar.

Algumas engravidavam depois de adotar uma criança, outras engravidavam depois de aceitar a ideia de que seriam mulheres sem descendentes. A velha ouvia candidamente todos esses argumentos, sabia-os verdadeiros, mas no fundo tinha vontade de mandar todos à merda. Que fossem procurar as putas que os pariram. E antes disso que eles explicassem, por obséquio, como seria possível não pensar em algo tão imanente ao pensamento. O que pediam a ela era algo como acordar e não abrir os olhos, coisa que aliás adoraria fazer, mas não o fazia por respeito ao próximo.

Quando menstruou pela quarta vez depois das férias, sua médica pediu alguns exames. Era apenas uma checagem de hormônios, ela dizia, muito segura, mas a velha já não mais a escutava. Enclausurara-se na ideia, agora carregada de culpa, de ter esperado demais. Que enunciado autônomo porra nenhuma, seu filho era sim um projeto, o melhor de sua vida, e ela perdera o prazo das inscrições. Sua estratégia zen de esperar a manifestação da vida em doce e encantada entrega, obviamente, fracassara. Talvez ainda não fosse tão evoluída assim. Talvez precisasse meditar mais ou quem sabe parar de comer carne. Talvez estivesse duvidando da paz oriental, talvez estivesse apenas com os joelhos um pouco cansados da posição de lótus. Talvez não fosse nada disso e pensar menos ajudasse. Sim, e também seria bom que o coelhinho da Páscoa existisse de fato.

Acostumada a conseguir quase tudo, sentia agora na pele o que era ser, finalmente, um corpo indócil, aquele que não reage quando solicitado, último baluarte da resistência – enfim um alguém que respondia a outras perguntas e solicitações que não as suas, que apertava ou desapertava seus parafusos internos, misteriosos e escuros a seu bel-prazer; enfim um limite que, não fosse agora um derramar de lágrimas, seria quase um prazer.

Como todo e qualquer ser ocidental do século XX, não sabia bem como lidar com limites. Gostaria de voltar à infância e pedir, com voz firme de adulta, o que assustaria seus pais: "Por favor, parem de me dar presentes. Por favor, parem de plantar minha culpa, escarradeira vitalícia que debruça da varanda, pendurada, já tocando o chão. Por favor, parem de me dizer que a vida é sonho e nuvem, que os meus pintinhos e patinhos estarão para sempre vivos numa fazenda próxima e muito bem cuidada pela empregada, que os mortos como o meu avô vão para o céu. Parem agora, por favor, porque logo, logo vai ser tarde. Parem, principalmente, beirada da cama sonolenta, de me impedir o liberar da garganta. Deixem-me gritar bem alto 'quero sair daqui' e depois agradecer por tudo. Um último favor: não digam que não é preciso agradecer. É tão preciso quanto respirar".

O que se rebela é o que não se enquadra no sistema de forças, leu de Foucault. O problema era entender qual seria o sistema de forças em questão. Parecia-lhe que ocorria justamente o contrário, um sistema de forças muito bem definido é que se rebelava contra ela. Era uma janela fértil e bem calculada que se recusava a acolher espermatozoides capazes de sobreviverem por até setenta e duas horas. Levando em conta que o óvulo sobrevive um dia inteiro, considerava a janela extremamente rebelde apesar da aparente resignação da esquadria.

Como via estar chegando a hora de ter de se valer de ferramentas à altura, começou a considerar táticas inglórias como comprar um termômetro basal e anotar num quadro esquemático coisas como presença ou não de muco cervical e em que textura: aguado, denso ou viscoso como clara de ovo. Descobriu um site que oferecia um gráfico capaz de checar todas essas e outras informações e calcular, por conta própria e em poucos segundos, os dias mais férteis de mulheres tão ansiosas para engravidar que não se importariam de teclar suas interioridades no computador, máquina íntima aliás há algumas décadas. Ficou se perguntando, madrugada refletida no monitor, se ingressar em tal programa de fertilidade digital já não era um grave sinal de infertilidade. Não gostava de imaginar que criança poderia nascer de um gráfico.

Andava confusa, como se vê. Lidava com um corpo que, libertado das pílulas tricolores, ainda se redescobria. Ironia da vida, pensou. Tantos anos colocando hormônios para dentro para evitar a tão temida gravidez e agora, passagem livre, os hormônios recalcados do organismo pareciam fazer desfeita, apesar de saírem bem na foto e nas numerosas folhas de exame de sangue, como que magoados com tamanha repressão. "É tarde", diziam, sobrolho levantado, dedo em riste, olhar encrespado de ameaças.

Deixara o café esfriar ao lado do monitor. Era tarde. Seria provavelmente mais uma noite de insônia. Acabaria aprendendo muito sobre o corpo feminino. Saberia ser o ciclo menstrual composto de três fases. Além da menstruação propriamente dita, piada de mau gosto de deus para com as mulheres, havia a fase folicular e a fase luteínica. A primeira ocorria antes da ovulação, sendo o folículo aquele que se encarregará de transportar o óvulo para a trompa de falópio, a caminho do útero em triunfante e rápido trajeto. A segunda ocorria depois da ovulação e seguiria até o fim do ciclo, implantando ou não um óvulo fertilizado no endométrio. A ovulação seria então, na verdade, a ruptura do folículo, que assim libera o óvulo para o mundo, mas pelo visto costuma esquecer de lhe dar alguns conselhos ou ao menos desejar boa sorte. O resultado dessa emocionante etapa, capaz de durar até dez dias, pode ser mais um sangramento seguido de choro ou um resultado positivo de teste de farmácia – também seguido de choro.

Sentia algum cheiro de mofo nesse esquema. Parecia ultrapassado. Melhor seria montar logo um ovo pré-fabricado, escolher cor de olhos e cabelos, afastar as doenças mais graves, decidir a estatura quando adulto e de preferência suas inclinações filosóficas e espirituais. Todo o processo seria ainda mais perfeito, é claro, se ocorresse num balão de ensaio transportável, o que evitaria varizes e estrias e ainda poderia, in loco, divertir as visitas. Sentia estar fazendo parte de um filme antigo em preto e branco. No fundo, sentia-se mofada por dentro.

Como Fênix ressurgida das cinzas, no entanto, nunca desistia de tentar, embalando um eterno retorno ao centro do útero. Leu de um autor estranho chamado Derick de Kerckhove: "Quando se pode fazer tudo e mais alguma coisa, o passo seguinte tem de ser descobrir quem realmente somos e o que realmente queremos. O presente está demasiado atarefado para nos dar informação sobre isso". Provavelmente estava errada, mas suspeitava já ter dado o tal passo seguinte, passada ligeira e silenciosa, movimento intuitivo de uma ninja irritantemente cerebral.

Fato é que arranhava um disco velho e empoeirado ao tentar ser melhor e mais rápida do que a natureza, sempre sujeita às leis do acaso. Que esperasse, era só o que podia fazer mesmo enquanto não se dignava a rezar.

Enquanto isso, estudaria. Com lágrimas nos olhos leria coisas esquisitas como a referência ao Sistema de Hamurabi, conjunto de leis mais antigo do mundo, encontrado na antiga Mesopotâmia: o criminoso é condenado a ser jogado no rio – se conseguisse sair, era morto porque culpado; se morresse afogado, era inocente. Parecia-lhe assim a decisão de uma gravidez. Se decidisse não engravidar, passaria a vida inteira achando que perdera uma maravilhosa e mágica oportunidade. Se decidisse pelo rebento, corria o risco de se arrepender por algo tão irremediável e definitivo e por ter de deixar de lado sua vida de antes, aquela que, todos insistiam em lembrá-la, nunca mais seria a mesma. Mas o mais incrível de tudo era ainda pensar sim ou não quando seu corpo, alargado no quadril a ponto de inutilizar todas as calças do armário, já dançava ao som do "sim, por favor". Sim para o risco, para a correnteza, para a pieguice toda da vida que parece ser de verdade lá embaixo.

A verdade. Tema espinhoso esse. "Conhece-te a ti mesmo", dizia o aforismo grego adotado por Sócrates. Algo como se enxergue, saiba quem é e que posição ocupa. Se exercitasse tal filosofia, chegaria à incômoda conclusão de ser uma mulher em idade avançada e periclitante, com parcas e econômicas chances de engravidar que rondavam míseros vinte por cento a cada junção de corpos. Sabia que o que estava querendo era difícil. Só não sabia o quanto. Principalmente, não imaginara a avalanche de sentimentos que seguiria descendo gelada por suas costas velhas e moídas.

Sentia-se uma estranha a si mesma, agora que não mais vestia fantasias. Não mais um robô criado para fins estritamente profissionais, tampouco uma garota romântica com uma dificuldade quase intransponível de descer os pés ao chão. Era ela, a mulher, aquele ser estranho do qual tanto se esquivara. Aquele ser que, ao ouvir de sua mãe, conversa ao redor de panelas, que homens não deveriam existir, freou um dia os fundilhos como quem puxa subitamente as rédeas de um cavalo. Era esse ser estranho e retaliado que agora retorcia o corpo na tentativa de sair da casca. Buscava acatar a receita da ascese grega e afetar a si mesma com sua própria força, mas ainda não sabia como e seu ceticismo não ajudava muito.

A dietética grega recomendava temperança, mas não dizia que o objeto do desejo devia ser evitado. Ao contrário, recomendava que ele ficasse sempre por perto, ao alcance do autocontrole. Quando começava a pensar que não queria mais engravidar coisa nenhuma, portanto, sabia estar apenas querendo se afastar do seu nem tão obscuro desejo.

Como não rezava nem acendia velas nem acreditava em simpatias, não lhe restava muito a fazer a não ser seguir as ordens de sua médica, agora imbuída de um espírito investigatório e invasivo devidamente validado pela Organização Mundial da Saúde. Partiu para ultrassonografias, três delas intercaladas de dois em dois dias, gincana que se justificava pelo nobre intento de avaliar sua ovulação.

Antes que tivesse a chance de se sentir um ser em exibição digital, no entanto, espantou-se com a simpatia das médicas que a atenderam. Uma mulher tentando engravidar, aprendeu imediatamente, ainda é uma pessoa capaz de gerar todo tipo de solidariedade. Enquanto via seus folículos serem milimetricamente medidos pelo monitor, recebia olhares carinhosos, dicas para ajudar a concepção (ficar deitada e imóvel por uma hora depois do sexo era uma delas) e votos de boa sorte.

Chocou-se. Jamais fora tão bem tratada. Saiu feliz do último dia de vasculha tecnológica, tão feliz que foram direto para a cama, antes da hora do almoço. Tinha a forte impressão de que, teleguiada agora, seguindo setas privilegiadas e informações das internas, conseguiria fazer um ovo ainda que acanhado grudar no endométrio. Seria uma história engraçada para contar. Quando seu filho completasse oito ou nove anos, poderia explicar que ele nasceu de uma ultrassonografia seriada, que sua concepção fora praticamente assumida pela tecnologia, mas com a bênção ainda humana de três médicas e um médico, que a fez repetir o exame no dia em que deveria simplesmente buscá-lo apenas para tirar uma dúvida. Confirmada a presença dos folículos do lado direito, o que não havia sido indicado pela médica do exame anterior, liberou-a com um sincero "boa sorte". Teve vontade de chorar. Andava aguada como nunca. Imaginou que todo aquele aparato médico lhe daria sorte.

É claro que não deu. Quando a menstruação veio pela quinta vez, desabou pela quinta vez. Mas andava já cansada de seu drama pessoal e barato, então retomou os estudos com ainda mais afinco. Verdade é o que alguém constrói se colocando à prova, como num jogo. Continuaria jogando.

No jogo de se estranhar e se descobrir, pensou em revelar fatos: era uma mulher de trinta e cinco, quatro quilos a mais na balança, ex-jornalista, apaixonada, espantada com a vida agora que tinha alguma ajuda química massageando seu cérebro, interessada como nunca pela molécula, pelo que faz brotar e nascer.

Na verdade, sentia estar abandonando aos poucos a casca da velha. Andava bebendo menos e escrevendo mais, dormindo mais e chorando menos. Mas ainda não sabia bem o que fazer com o surpreendente bem-estar. Estava acostumada a incômodos os mais variados, de dores na coluna a calafrios, de tonturas a tremedeiras, mas tudo isso ficara para trás. Andava querendo olhar a lua e achava isso uma grande novidade. Só não conseguia recuperar seu interesse pelos jornais. Continuaria ignorando-os, num autoexílio voluntário e radical, numa viagem ao lado de dentro que pedia cuidado com as dispersões. Seguiria, no entanto, com as aulas formais de filosofia. Grudaria cada vez mais os olhos no professor que andava de um lado para o outro da sala comendo balas. Mascaria chicletes discretamente enquanto ouvia. Anotaria quilômetros. É recomendável um certo olhar míope para manter a liberdade.

Uma pena que revelar – re-velar – é gesto de revelação continuamente encoberto, lembrou. O sujeito só surge quando se liberta de si próprio. Enquanto isso, é escravo que responde às mais insuspeitadas demandas – demandas do status, dos estigmas, dos clubes e das modas imbecilizantes. Talvez por isso Foucault não acreditasse no desejo. Apostava mais no prazer simples dos epicuristas. Mas era simples demais para ser colocado em prática.

Não há verdade na história, apenas versões bem escolhidas dos fatos, escreveu. A verdade a que se chega só importa ao sujeito que a constrói, era o que queria dizer a frase. Sua verdade, diga-se, andava bem repetitiva. Mensalmente passava por diversas fases: o período fértil era a hora de rir da vida, de largar o tempo, de tirar a roupa e dar vazão ao prazer, hora em que o corpo falava mais alto do que a pobre da cabeça. Depois vinha a fase da expectativa, aquela hora em que o sexo enjoava e a semivelha queria apenas ver tevê e não pensar na loucura que havia cometido alguns dias antes. Em seguida, a animação indisfarçável, a esperança inchada, a crença nem tão tímida de que dessa vez deu certo, a vontade de sair comemorando e o medo de levar surpresas desagradáveis no banheiro. Logo vinha a surpresa desagradável no banheiro. Então, a Grande Frustração. Dias de choro, revolta e depressão. E ainda não acabou. Depois dessa fase, a última e mais irônica de todas: a do alívio, da sensação de que nenhuma parte dessa maratona havia sido percorrida pelo mesmo corpo que agora achava tudo, de novo, uma completa loucura. Então parênteses, então intervalo de descanso de mentes e corpos, sujeitos cansados um do outro. Até começar tudo de novo.

Não podia acabar bem isso. Temeu pelo seu casamento. Começou a se sentir aqui e ali magoada com o corpo do outro que resistia à ideia de fertilizá-la, em jogar lá dentro as sementes da estação. Estranhamento e carência, moldes da insegurança que iam cimentando suas jugulares e pressionando os dentes. Então escreveu:

Aguda bocarra

A bocarra arreganhou os dentes
Rangeu-os até fazer um som agudo assim fininho ziiiiiim
Estilhaçaram-se os caninos
Racharam-se os molares
Gemeu a gengiva
Desdentada e seca, a bocarra murchou
Espremeu os lábios
Engoliu a língua
E, ó, se matou.

Depois dessa achou que estava deprimida, isso sim, que bem-estar e vontade de ver a lua coisa nenhuma. Já se iam seis meses e agora, sempre que alguém tentava tirar debaixo da língua uma história aparentemente banhada em solidariedade, daquelas que contam casos de casais que engravidaram depois, ó, sempre depois de adotarem uma criança, tinha impulsos sinceros de estrangular o interlocutor. Para evitar contratempos, decidiu falar menos ainda sobre o assunto. Já evitava o tema entre os mais chegados e os familiares, sábia decisão que aliviara seus ombros até então, mas desistiria também de procurar consolo em ombros alheios e pouco íntimos. Que fossem todos adotar crianças, todos juntos, adotando pelotões de criancinhas órfãs da África. Nada contra tais pobres criaturas, mas essa não era a sua saída preferida. Ainda acreditava no zigoto e apreciaria muito não ser condenada por isso.

Já se instalara no umbigo o medo de continuar tentando que, seguindo a lógica dos acontecimentos, também seria continuar se frustrando. Quando sua médica pediu um espermograma ao estranho ser que se recusava a inseminá-la, sentiu um doce e provavelmente injusto alívio. Chance de, ao menos por algum tempo, passar o cartão vermelho para alguém de fora do seu time de hormônios e folículos que, pelo visto, andavam pouco confiáveis.

O alívio durou pouco. O esperma estava em forma. As acusações voltaram-se então para o seu exame de sangue, que gritara bem alto, caneta marca-texto circulando o deslize: aumento de prolactina. E então veio a grande ironia de sua vida risível. A elevação desse hormônio estava sendo causada, muito provavelmente, pelo remedinho psiquiátrico que vinha deixando sua vida um pouco mais fácil. Do que ela, a meio-velha, concluiu que precisava fazer uma escolha: ou bem dormia, curando-se da insônia que lhe dava um cansaço eterno para o mundo, como um cobertor felpudo envolvendo seus dias, ou bem engravidava.

Seu rosto estava tenso, mas a verdade é que, agora, sentia hospedar um circo dentro do corpo. Via palhaços saltitantes de sapatos bicudos balançarem o quadril para lá e para cá, rindo dela como se ela mesma fosse uma piada de picadeiro, joguete de cena encomendada para abrir o espetáculo. Suas lágrimas então desciam velhas dos olhos, escorriam jovens pelo rosto sem borrar a maquiagem de sorriso estático e caíam no chão mais novas do que um feto, energia ainda não condensada, intenção de energia sutil. Gostaria de deixar no chão, junto com elas, finalmente, todo o seu cansaço de ser antigo, experiente e desiludido. Queria não mais saber. Queria a vida. Queria, cheia de boas intenções, deixar de ser velha.

Chorou – convulsivamente. Era um vômito de tristeza e ao mesmo tempo alívio, porque contara ao ser estranho que vinha sentindo raiva dele, uma raiva irracional, é claro, mas essas são as piores. Vão formando crostas de ferrugem nas costas e manchando os olhos, até que a visão fique turva e não se veja mais nada além do próprio nariz. Atingira o seu limite. Queria voltar a enxergar limpo. Queria, na verdade, começar tudo de novo, nascer de novo, deixando a velha corcunda para trás. Antes de gerir uma nova vida, precisava cuidar melhor da sua.

5

Pariu a velha. Guardou os ossos. Secou as peles. Libertar-se não é bolinho.

A mulher que agora sabe para valer a própria idade nunca imaginou que pudesse ser tão difícil. Na sua vida inteira entendeu a maternidade como uma escolha, sempre atenta ao fato de que a profissão, a estabilidade e todos os outros etecéteras como o casamento deveriam vir antes. Havia pensado na gravidez como uma impossibilidade temporária, jamais permanente. Ficou faltando pensar que ela, por incrível que pareça, poderia não ocorrer quando a outra, a ex-velha, finalmente a quisesse.

Tal mulher nunca precisou abortar, nunca teve grandes sustos. Sempre confiou, religiosamente, nas pílulas tricolores que habitavam a sua cabeceira como um deus hindu ocupa um templo. Era tão devota e paranoica que às vezes, alta madrugada, acordava sobressaltada achando que havia esquecido de tomar o comprimido da noite. Então contava a cartela toda de novo, segunda, terça, quarta, quinta e alívio, o comprimido já passeava por seu organismo censurado. Começou a perceber as indiretas do seu inconsciente quando passou, mês sim, mês também, a esquecer de comprar a cartelinha. Então era ligar tarde da noite para a farmácia e às vezes dormir esperando a entrega. Quando isso acontecia, ela se prometia que passaria a comprar sempre duas caixas para nunca ficar desprevenida, mas no mês seguinte esquecia tudo de novo. Freud explicaria.

Fato é que é doído não chegar lá e ela sentia isso em todas as esquinas do corpo. Descobriu ser surpreendentemente doloroso lidar com tantos questionamentos, tantas desconfianças médicas, tantas cobranças internas. Não deve ser assim que se faz um filho, pensava, entre uma consulta e outra. Não deve ser assim que se vive bem, ela rosnava baixo, e atenção aqui para a semântica: a mulher estava falando de vida. E nenhuma vida pode ser fértil de olho no que os outros estão esperando, nem de ouvido virado para o espertinho da vez que disse essa ou aquela bobagem como se tivesse descoberto a pólvora.

Um terapeuta aiurvédico, que entre outras coisas muito sensatas disse que a mulher em questão tinha coração frágil de passarinho e podia morrer de susto, recomendou-lhe continuar firme na ioga e pensar menos. Que suas glândulas tivessem uma chance de pensarem sozinhas, sugeriu. Preparou uma dieta adequada ao seu vatta excessivo e disse para parar de calcular período fértil, para esquecer tanto planejamento; para pôr em prática, e não em dramática, sua aparentemente grande sensibilidade. Disse que ela era do ar, do éter, e que por isso mesmo precisava pôr os pés no chão. Literalmente, pés na terra. Nesse momento ela entendeu por que tinha tanta vontade de mudar para uma casa. Vivia com um medo um tanto patético de que o prédio desmoronasse. Sentia falta do chão firme – da segurança, da estabilidade, do que é concreto. De tudo o que ela costumava não ter, é claro. Ela e o resto da humanidade, teria dito o terapeuta, mas achou melhor ficar quieto.

A pobre mulher com pânico de rachaduras não tinha mesmo muita saída, então decidiu seguir a dele, a do terapeuta aiurvédico. Tomaria suas ervas, continuaria ralando o corpinho na ioga, meditaria sempre que desse e pediria uma força a Krishna, a Vishnu, Ganesha ou qualquer outra deidade solidária no momento. Não tinha alternativas que não seguir adiante. Começava a construir, agora com mãos jovens, seu castelo de cartas.

Para o serviço ficar completo, também adotaria o exercício do cuidado de si aprendido, tropegamente, nas aulas de filosofia. Regra coextensiva à vida, o princípio geral incondicionado do Cuidado de Si apregoado por Sócrates tem dois componentes essenciais:

1. Movimento: O sujeito em questão deve ir em direção a alguma coisa que é ele próprio.

Sócrates não estava lá muito preocupado em facilitar a vida de ninguém. Essa é barra pesada. Como saber, dúvida milenar, o que se é?

Vejamos. Da casca para dentro: eis uma mulher de trinta e cinco, branca, ascendência alemã e austríaca, alta e já nem tão magra assim, cabelos castanho-claros, olhos escuros, ossos compridos e um tanto desajeitados. Jornalista de formação, mas escritora na alma desde a mais tenra infância era o que lhe parecia, um mestrado nas costas antes doídas e hoje fortes graças ao namastê semanal, um interesse irrefreável pela filosofia ocidental e pelo lirismo transcendental dos indianos. Quase enlouqueceu quando leu a adaptação do *Mahabharata* de William Buck, por exemplo. Estava diante de uma das descrições do mundo e dos homens mais criativas e loucas que já vira. Ao menos, era mais elevada e colorida do que um mito persa que conhecia, que conta que a Terra foi criada para servir de esgoto para o Paraíso, depois que resolveram comer os frutos proibidos. Ah, os frutos proibidos.

No Mahabharata, todas as criaturas vivas são múltiplas, misturadas, imprevisíveis. Os deuses se misturam com os mortais, lhes emprestam poderes, conversam, banqueteiam e jogam dados. O inferno fede e o céu é uma festa para a qual se vai de carruagem, com alguma sorte, e no qual cada dia representa, na Terra, um ano.

No meio disso tudo está a ideia de que as divindades, incluindo Brahma, criador do Universo, não são tão diferentes dos homens assim. E por isso vale dizer sempre, entre hinduístas, que deus está dentro de cada um. Se deus estava dentro dela, portanto, mesmo que fosse só num pedacinho, ela pensava, ele devia saber o que estava fazendo. Era muito tranquilizador e cômodo pensar assim. Se não engravidasse poderia dizer "sabe como é, deus não quis", e sair para comprar um cachorro. Quando deus não quer alguma coisa está sempre tudo muito bem resolvido.

Dentro da casca: estamos diante de um monte pensante de carne, ossos e tecidos, serzinho angustiado, mas ao mesmo tempo capaz de ficar muito sereno, interessada no sexo e em tudo o que vem junto com o pacote, maternal com as coisas, com projetos principalmente, mas criança ainda, sempre, e por obra que muitos diriam divina já ouvira que isso não tem nada de errado. É maravilhoso guardar a inocência da nossa criança, lhe disse uma terapeuta. Achou bom de ouvir. Na verdade achou um bálsamo para os ouvidos essa frase e teria beijado os pés da outra não fosse tão discreta nos gestos. Logo ela, que sempre procurara, marchando e faltando o fôlego, responder bem alto e firme "Sim, senhor!" ao capitão que lhe ordenava crescer e aparecer e com isso ele queria dizer ganhar dinheiro. Está até hoje marchando a mulher-criança, mas as bolhas nos pés se foram e as solas tatuadas com poesias negociam com o chão feito adultas. O que não quer dizer ainda, e que não entrem por isso em extinção os finais felizes, que sua conta bancária tenha acatado a ordem com a obediência necessária. Suas tropas são um tanto rebeldes e a mulher não vê a menor graça no trocadilho.

2. *Conversão: o sujeito deve retornar a si. Dobra que operamos relativamente a algo prometido ao termo da vida. Descolamento e retorno do sujeito em direção a ele e sobre si.*

Também não é fácil saber em que momento, em que língua e principalmente o que prometemos ao termo da vida. Com alguma dor de cabeça, a mulher imagina que disso pode entender que, quando cuidamos de nós mesmos, modificamos nossa relação com os outros e com o mundo. Cuidar de si, lembra o caderninho de obviedades escondidas, é estar continuamente retornando a si e ao que interessa, e não mergulhando em preocupações com a aparência e o consumo e assim se perdendo no meio de montanhas de coisas empilháveis, por exemplo. É encontrar a única verdade capaz de salvar a pelanca – mesmo aquela pelanca seca que, de tão pendurada, esgarçou as ideias e provocou uma desagradável fedentina, cheiro acre de morte em vida. Nesse momento teve vontade de escrever:

Rasgar o tecido
Estancar o sangramento com algodões
Olhar bem lá no fundo
de uma vezada só
(prender a respiração)
Fechar
Suturar
Desinfetar
Rezar muito depois

Afastar as costelas
Segurar o coração
Evitar as cócegas
Acompanhar a dança
Admirar o ritmo
Cuidar com as lágrimas
Fechar
Dar pontos
Enfaixar
Pedir a deus que chame a enfermeira

Não à toa, pensara em fazer medicina, interessada que era na incrível organização do corpo. Mas era sensível demais ao sofrimento alheio, ou o que chamam de empatia.

Depois que passou mal ao ver uma senhora muito humilde desmaiar de chinelos no metrô, achou por bem lidar apenas com a rudeza das palavras, e aí já ia muito. Continuaria sua incursão músculo-esquelética de maneira muito privada. Era uma mulher com medo exagerado de cirurgia e anestesias, o que parecia muito coerente, agora ela entendia, para quem vivia se explorando com um bisturi afiado e incansável.

Pensar não é um fim, mas uma atividade, já disse Kant, o velho neurastênico de suspensórios de corda. Teme-se que essa atividade esteja um tanto fora de moda. Sim, há as terapias, as masturbações egoicas que começam sempre com "eu sou uma pessoa que", as conversas que na verdade unem monólogos e dão a impressão de autoelucidação, os curiosos diários virtuais que parecem passar a vida a limpo.

Mas pensar mesmo, aquele hábito desagradável que até dói, o exercício de desnudar personagens e tirar as máscaras, esse parecia à mulher andar meio mal cotado. E é natural que assim esteja, afinal a vida hoje não é mais do que um parque de diversões. Pode-se passar a vida inteira indo de um parque a outro sem crises, sem convulsões existenciais, sem perguntas de mau gosto. A vida é uma festa, como não? Do shopping ao restaurante, do salão ao supermercado, da festinha ao jantarzinho, do aniversário ao batizado, do casamento à formatura, sempre haverá datas festivas, momentos solenes que parecem costurar todos os outros que não tapam buracos. No meio disso tudo ainda temos o cinema, a tevê por assinatura, os seriados, as viagens. "Por que criar problemas no meio de tanta diversão?", as pessoas se perguntariam, entre uma pipoca e outra. "Por quê?", a mulher se pergunta, todos os dias.

Porque, quando se pensa em ter um filho, todas essas perguntas reaparecem. Surgem do nada, no escuro, e gritam na sua cara. Ficam sempre à espreita, atrás das portas, nos cantinhos empoeirados dos armários, na última prateleira da estante. E quando você pensa em correr, músculos de fuga já acionados, elas dão uma rasteira. Então você cai, e de bunda. Dói. Parece que algum osso foi quebrado, provavelmente o cóccix. Não é nada elegante dar-se a essas perguntas.

Também não lhe parecia muito elegante menstruar pelo oitavo mês. Mais um e a intenção já teria sido inteiramente gestada. Mais dois e já poderia senti-la nos seios. Mais seis e, quem sabe, poderia testemunhar um primeiro sorriso.

Para variar, como num disco arranhado, sentia-se deprimida. Tentava agora um remedinho fitoterápico, cuja bula dizia até mesmo ser capaz de reduzir a elevada prolactina. Apesar das promessas das ervas manipuladas, no entanto, sentia-se um lixo. Cansada, horrorosa, caída, desmoronada. Tivera o relógio novo furtado na academia e, lágrimas escorrendo noite adentro, parecia ter perdido a casa ou um bilhete premiado de loteria. Pequenas e últimas gotas d'água são sempre muito perigosas. Não precisava olhar no espelho para ver que seus olhos estavam apagados e sem vida.

Começou a pensar nas mulheres da família. Fez um google mental procurando por algum registro afável de relatos da maternidade, algo rosado que pudesse animar seu rosto pálido. Lembrou apenas que sua mãe dizia ser a dor do parto realmente muito grande, mas que minutos depois ela era esquecida. Isso foi antes dela falar que seu casamento fora um infanticídio.

Com a sua irmã mais velha também não tivera boas referências. Quando lhe nasceu o primeiro filho, passou tão mal que dava aflição entrar no quarto do hospital. Alérgica à morfina da anestesia, quase pariu outro filho pela boca e parecia tão verde que um desavisado pensaria ter ela dado a luz a um ET. E assim a mulher ia recolhendo reclamações, desabafos, tremidos de depressão pós-parto. Ninguém, meudeus, ninguém para lhe dizer ao menos que "apesar de tudo isso, meu amor, ter filho é uma coisa maravilhosa".

No jardim de infância, as professoras lhe fizeram escrever num bloquinho de anotações que viraria presente de Dia das Mães: "Mãe, agradeço a deus porque você me deu a vida". Tinha sete ou oito anos e já não entendia o que deus tinha a ver com aquilo. Perguntou à mãe e a resposta não deve ter sido muito satisfatória, do contrário não teria caído no baú das falas esquecidas.

Hoje sente uma pequena cosquinha no cérebro e suspeita ser um pedaço de entendimento a respeito da questão perdida no baú. Nascer só pode ser divino. Ser concebido, de fato, conjunção insólita de acasos, deve ter mais a ver com deus do que a mulher imaginava, embora Sócrates discordasse, opondo ao divino o seu daimon.

O problema era que saber ser esse provavelmente um momento de escolha divina não aplacava a sua depressão. Saber que um menino ou uma menina estavam acima de sua cabeça, pezinhos na borda do trampolim perguntando "posso ir agora?" não fazia com que deixasse de se sentir uma piscina velha, vazia e de azulejos quebrados. Abrir espaço para o daimon, o verdadeiro outro, a alteridade em pessoa, também lhe parecia ser convidar um filho para dentro de si; nada mais parecido com encarar um outro, pensava, em sua vã filosofia de botequim.

Chegara a um impasse. Queria, na verdade, parar de tentar. Queria ficar debaixo do cobertor de flanela, quebrar o despertador, tirar férias do mundo. Poderia ser a hora de voltar à terapia. Foucault riria. "Os psicólogos, esses estranhos seres", dizia, tomando para si um entendimento tão volátil, tão arisco a definições e frascos.

Talvez fosse melhor adotar a pilotagem, metáfora da navegação usada por Foucault para explicar a hermenêutica do sujeito, aquele apelidado de homem. Primeiro era preciso ter um trajeto. O seu era, sem dúvida, o caminho da gravidez. Depois era preciso que esse trajeto permitisse o deslocamento em direção a um porto-tema. Esse tema seria a maternidade, e já percebera ser esse um assunto escasso na família.

Recentemente descobrira fatos um tanto desconcertantes sobre seus avôs maternos, Walter e Dorothea. Os paternos, de tão corretos e aparentemente bem-resolvidos, não inspiravam nenhuma inspeção psicológica mais profunda. Já a avó materna faria Freud ranger os dentes.

Dorothea veio ao Brasil a contragosto. Não queria deixar a Alemanha e se mandar com dois filhos para um país onde as cobras passeavam nas ruas e macacos pulavam cozinha adentro pelas janelas. Pelo sim pelo não, trouxe sua pedra especial para fazer chucrute e enfiou também alguns rolos de papel higiênico nas malas antes de embarcar no navio. É o que dizem, ao menos, e o problema é que isso é, sempre, só o que há.

A vida não foi fácil no Brasil. Walter, médico bem considerado que recusara uma oferta de trabalho nos Estados Unidos porque sempre odiou americanos, precisou fincar os pés no Rio de Janeiro para só então entender que não poderia clinicar na Bruzundanga. Faltava-lhe intimidade, no currículo, com as doenças tropicais. Precisou voltar a estudar e, enquanto isso, proibido de trabalhar, diploma em suspenso, atendia no consultório clandestino montado em casa e costumava aceitar galinhas e porcos como pagamento. De novo, é o que dizem, mas parece haver fontes seguras.

Nada disso, no entanto, o fez desgostar do Rio de Janeiro. Depois de anos amputando pernas e braços na segunda guerra, o homem queria mais era pescar. E pelas histórias tricotadas à noite e ladeadas por vinho duas gerações depois, era só mesmo o que ele queria. Não interessava se, em casa, sua mulher lhe esperava com uma ferida aberta na perna.

Bocas abertas, olhos arregalados: "Ferida aberta, mãe?", perguntou a mulher de trinta e cinco. Sim, uma ferida aberta. Por oito anos. Oito. Tudo começou com uma pele enfraquecida pelos genes germânicos e pelas varizes abundantes. Muito fina, certo dia levou uma dentada de raspão de um cachorro e o machucado, de aparentemente inofensivo, foi crescendo até ser possível ver o osso gritando lá dentro. Era uma cratera ambulante, que recebia da filha, revoltada com o pai médico relapso, curativos diários lambuzados com pomadas impotentes.

A essa altura da noite a mulher de trinta e cinco já está um tanto bêbada, mas engole em seco, o que curiosamente resgata um pouco da sobriedade. "E o avô Walter, o que fazia?". Ia ao Iate Clube, onde certo dia, depois do trabalho, recebeu a visita inusitada do genro. Assustado, perguntou o que havia acontecido. "Nada. Só vim me certificar de que você não tem tempo para cuidar da sua mulher", respondeu o genro, provavelmente de cachimbo na boca. A mulher de trinta e cinco nunca tivera tanto orgulho de seu pai. Já não podia dizer o mesmo em relação ao avô.

Seus pais tentaram ajudar Dorothea, levando-a a outros médicos, inclusive um especializado em enxertos e peles artificiais, mas então a senhora da ferida ambulante já se viciara em analgésicos. De fato não deve ser pequena a dor de um buraco na perna. Morreu disso, a pobre, com menos de sessenta anos. "Ela não merecia isso", disse o ex-genro. Sem dúvida que não. Mas nessa hora a ex-velha, mulher sem feridas abertas, entendeu alguns machucados internos. Precisava imediatamente perdoar sua mãe pela compreensível descrença, em determinado momento da vida, na ética masculina. Não era à toa. O Iate Clube também era frequentado pela namorada de Walter, aliás. Ele não fazia questão de escondê-la nem do filho mais novo, que, depois de um dia de passeio no mar, contou para a mãe que conhecera a "namorada do papai".

Quando a mãe da ex-velha certa vez disse que os homens não deviam existir, portanto, ela tinha lá suas razões. Teve vontade de abraçá-la e não lembra se o fez. Seus neurônios já estavam um tanto encharcados e ela não conseguia parar de pensar numa ferida aberta por oito anos, praticamente toda a idade que tinha quando seu avô se suicidou. Curioso é que o irmão de Walter, portanto tio-avô da mulher de trinta e cinco, anos mais tarde, na Áustria, faria o mesmo, se jogando pela janela e caindo no Salzach, rio que corta a pequena cidade austríaca de Salzburg. Uma espécie de mania familiar. Ou um profundo respeito a Dante: "Esse corpo sem luz como uma alma com frio / Me chama e por entre a água enganosa do rio / Se insinua a insidiosa ideia do suicídio".

Tivesse o doutor Walter aceitado o emprego nos Estados Unidos, talvez tudo fosse diferente. Ela, a mulher de trinta e cinco, então não existiria, mas teria sido mais coerente, assim, a viagem que seu avô fez, sozinho, aos sessenta anos, realizando um sonho antigo: conhecer a Disney.

Um ou dois anos depois do suicídio do avô, a mulher, então uma criança que ainda não tivera tempo de odiar os americanos, também foi ver o Mickey e o Pluto. Quando soube que ganharia essa viagem, na companhia dos tios e do primo que sempre foi como um irmão, não acreditou. Era demais para ela, que já ganhava tantos presentes. É claro que ficou feliz e adorou os Piratas do Caribe. Mas também teve a certeza, lá do alto do avião onde viajou de primeira classe porque o tio era comandante, que teria que se esforçar muito na vida para corresponder a tanta coisa boa.

Então as viagens se sucederam e as nuvens, sempre tão perto, tratavam de dizer que a vida é bela, sim, mas pede o troco e que ela, a mulher que olha pela janela, andava sem moedas. Veio daí – não necessariamente desse colóquio com as nuvens, mas em algum momento parecido – a ideia pestilenta e viciosa de que não merecia tanto. Criou o desagradável vício mental de pensar assim. Em última análise, é elementar, meus caros, é claro que ela não mereceria, além de tudo que já achava muito, ter um filho.

Dizem os budistas que, para cada pensamento negativo, devemos nos acostumar a pensar em algo oposto, numa espécie de dialética dos contrastes. Assim um pensamento bom anula o ruim e sucessivamente, até que os padrões de pensamentos mofados se alterem. Isso não é, reparem, pensar positivo, mania mental como outra qualquer. É apenas limpar a mente e dar espaço aos insights que só aparecem em momentos de paz. São como mosquitos espertos, que esperam você dormir bem profundamente para atacarem sua orelha. Assim são os bons pensamentos. Só aparecem quando baixamos a guarda.

O ser convidado a inseminá-la propôs uma trégua. Um mês de descanso, sugeriu, uma pausa dos desapontamentos seguidos de choro e antecedidos por uma TPM especialmente cruel: era ficar irritada porque estava irritada e porque, se estava irritada, portanto, era porque fracassara mais uma vez. No início, é claro, como toda mulher previsível, sentiu-se rejeitada com a proposta decente. Depois gostou da bandeira branca, gostou tanto que achou que não queria mais, que não queria jogar mesmo, que não queria mais brincar e que não ia mais emprestar a bola. A sabedoria popular é imbatível e nessa hora lembrou do ditado: "Se não sabe brincar, não desce pro play". Ficaria dois meses sem descer.

É difícil entender uma pessoa. É difícil até mesmo entender a ideia do que vem a ser uma pessoa. O filósofo inglês John Locke, no século XVII, bem que tentou: "Um ser inteligente, que possui razão e capacidade de reflexão, e pode considerar a si próprio como uma coisa que pensa, em diferentes momentos e lugares; que o faz apenas por essa consciência, que é inseparável do pensamento e que me parece essencial a ele; sendo impossível para qualquer um perceber sem perceber que percebe".

Impossível questionar tantas coisas sem saber que se está questionando e que provavelmente se questiona porque há respostas demais para as mesmas perguntas, o que faz a mulher louvar os cínicos, tão lembrados por Foucault na gincana em que se propõe encontrar o homem perdido, o sujeito, aquilo que chamamos de pessoa, mas que deixa de sê-lo ao sentir na nuca o começo da frase "eu sou uma pessoa que".

Lição 1: cínico não é só sinônimo de mentiroso ou hipócrita.

Os cínicos, seguidores de Sócrates, entenderam o recado quando o mestre passou pelo mercado de Atenas e comentou, provavelmente com alguma ironia no tom de voz: "Vejam de quantas coisas precisa o ateniense para viver". Nesse momento, entenderam os discípulos que não precisavam depender de nada daquilo, já que a felicidade é uma busca interna, sem causas externas. O objetivo da vida seria então a conquista da virtude moral, obtida com a eliminação do supérfluo e com o retorno a uma vida instintiva. O homem seria autossuficiente e poderia, portanto, desacreditar os exageros da civilização.

Logo esses filósofos se tornariam sujeitos execráveis,

é verdade, homens barbados, sujos, pobres, que andavam nus e faziam suas necessidades em praça pública porque acreditavam não precisarem ter vergonha de fazer o que era mui natural. Dentro do rol de coisas naturais, masturbação e sexo também estavam incluídos. Também não tinham vida privada, o que devia ser um pouco desagradável para as suas mulheres, e viviam afrontando a sociedade com sua sinceridade violenta. Não à toa eram chamados de cães, porque viviam como eles.

Lição 2: O que Foucault valoriza nos cínicos é a sua capacidade visceral de afrontar a cultura vigente, dando espaço e concretude a uma subjetividade de verdade, aquela que dá origem a um sujeito e não a um ventríloquo. Neles Foucault identifica uma posição criativa, atitude verdadeira e anticultural. Ali estavam homens se descobrindo como tais, indo contra o sistema, encontrando suas próprias rotas de navegação, gostassem os outros ou não. Os outros, aliás, que se danassem. Assim como com a própria saúde, a preocupação com a morte e o sofrimento dos outros também era algo de que os cínicos desejavam se libertar. Daí a conotação da palavra cinismo, de indiferença e insensibilidade em relação aos outros. Mas foi assim, no século II, que o cuidado de si se tornou, para Foucault, a salvação de si.

De certa forma, é importante que os outros se danem, aprendeu com isso a mulher. É tirando casquinha dos revolucionários que se encontra a verdade no próprio corpo. Baixando a guarda da crítica, aceitou assim o convite de uma amiga da ioga para jogar runas e teve todo esse cerebralismo crônico confirmado numa pequena pedra viking. Do saco de pedras mexidas pegou, para o seu próprio espanto, a pedra da fertilidade. Corou. E ouviu um tanto arrepiada os conselhos daquele símbolo: que ela abandonasse padrões mentais antigos, paradigmas viciados, crenças enferrujadas. A fertilidade traz novidades, mas também traz perigos. Era preciso estar pronta para eles e estar pronta, no caso da mulher, significava preparar-se para receber críticas da multidão e, como os cínicos, rosnar exibindo bem os caninos.

A vida de uma mulher é muito calma antes da maternidade. Até então, ninguém ainda ocupou-se de falar mal dela de verdade. É quando lhe nascem os pimpolhos e pingam as gotas de leite que a assembleia é montada. Então ela caminha para o centro da arena e, descabelada e com olheiras, começa a levar na cara as cascas e frutas podres. Há sempre alguém para criticar alguma coisa, ou para dar um singelo e inocente palpite.

Na maioria das vezes, estão todos latindo, babando e ganindo sentenças de escárnio contra o que há de mais antigo na civilização humana. Eles rosnam e salivam porque estão frente a frente com o que não pode ser roído como um osso nem enterrado como um pedaço de carne guardado para o jantar. A maternidade é o assombro dos cães, impedidos de falarem mal dela porque, simplesmente, não há o que lhe falar mal. Não há nada mais natural e imaculado do que ela, nada mais verdadeiro e, portanto, nada mais ameaçador. A maternidade é como a carrocinha que ameaça transformá-los em sabão. Então é preciso falar mal dela, criticar a educação, encontrar problemas na amamentação, depois na alimentação muito salgada ou muito doce, na televisão, no videogame, nas palmadas ou na falta delas. Há muitos outros assuntos passíveis de latidos e eles se estendem por toda a vida, porque a vida também não tem medo de latidos. Quem late não morde.

Quando entendeu que o seu medo da maternidade também era medo de futuras críticas, respirou um pouco aliviada. Menos um problema, pensou. Se esforçaria para jogar pulgas e sarnas em todas elas. Seria um pouco violenta no início se fosse preciso, mas procuraria não matar à toa. Também procuraria, não sabia ainda como, se proteger da depressão pós-parto.

Converter-se a si mesmo é tomar uma certa direção, movimento de resistência à história, à sociedade e ao intuito de passar a vida atendendo a pedidos, numa rede infinita de pois-não, é-pra-já, como-os-senhores-preferirem – o que não quer dizer se tornar um anacoreta, abandonando tudo e todos e construindo o mundo de deus. A saída para não ser governado seria governar os outros, aprenderia com Marco Aurélio. Só assim para se salvar e estar livre dos medos, dos preconceitos e das convenções. Também escutaria que se converter a si é fazer escolhas que são para sempre. Ter um filho, por exemplo. Percebeu que a mulher que não se permitia tal escolha não era a mulher de verdade, mas a construção de um ser profissional, independente e estéril que a sua mãe não conseguira ser. Então teve a impressão de ter entendido o eu antes da representação do psiquismo, sem libido nem ego, simplesmente massa cinzenta sendo afastada de si mesma. O si não é nada natural, ela sabia. E a verdade é um prêmio para quem joga o jogo da conversão a si sem roubar nem assoprar os dados.

Enquanto joga dados, a mulher chora. Eles são de veludo, portanto não fazem nenhum barulho na mesa. São rosas, os dados, dados rosas de veludo. Ela joga e, enquanto chora de emoção, uma felicidade toma conta do centro do seu peito. Ela também é rosa. Está tão ocupada a mulher com essa sensação que não procura ver que números deram os dados. Respira fundo e repara: não há números. Mas é claro, a vida não é nenhuma ciência exata. Nem os nove meses de uma gravidez são exatos. O que contam são as semanas, as luas e as preces.

Então em um dos lados de um dos dados ela vê uma criança. É uma menina. Lourinha. Ela brinca num parquinho com outras crianças. Olha para as suas amiguinhas de última hora com curiosidade, o cabelo caindo no rosto e a boca ligeiramente aberta, como quem, de fato, vê terra e areia pela primeira vez.

Ela, a menina, ainda não sabe o que é jogar dados. Mas nasceu deles e já é feliz assim mesmo. Ela não precisa saber jogar. Ela é um deles, e a sua carinha está estampada em todos os lados dos dados rosas de veludo que não fazem barulho ao rolar. Ela é, em tamanho ainda miniatura, a sorte em pessoa.

Deitada na cama na posição iogue do cadáver, a mulher chora. Sabia ser o si algo elaborado, que não nasce pronto. Também sabia sê-lo uma imagem frente à família, aos amigos e à sociedade e, por isso mesmo, algo escravizante. O que as runas diziam era para que ela se livrasse dela, da imagem, não das pessoas. O corte era mental e não devia doer na carne, mas doía. Enquanto arrancava as cracas de garota mimada do corpo, crosta dura e grossa que impede que a filha assuma o papel de mãe, sentia a pele arder. Estava nua em praça pública e sem dinheiro para uma veste de juta. Sua poupança, criada para a maternidade, também evaporara no espaço. O tempo é cruel com o dinheiro. Ninguém mandou demorar tanto para engravidar. Não conseguia mais se planejar a nenhum nível. Arriscava-se a virar pária, no entanto se recusava a fugir para o deserto. Queria, ainda não sabia bem como, manter certo respeito. Mas também queria o Kairós, tempo de oportunidade, janela de possibilidades. Janela fértil, idem. Tentava manter a serenidade diante de tudo, mas sua boca escancarava sozinha e gritava por socorro. Era um grito mudo de pesadelo, mas era um grito. Quem sabe os cães, com seus ouvidos biônicos, não ouviriam. Quem sabe assim não apareceriam, seguros de si, e lhe lamberiam as feridas como que por misericórdia.

Quando cansou de interpretações apressadas, foi mais fundo ainda: a modernidade é o lugar onde o sujeito se desconhece e, portanto, sendo tutelado pela medicina, pela ciência e pela polícia, não pode mais cuidar de si mesmo. A modernidade, afia Foucault, é o momento em que os aforismos "conhece-te" e "cuida-te" deixam de pertencer ao homem. Sendo assim, certos lugares, como a maternidade, se tornam incapazes de dizer a verdade. No lugar, gritam por cesarianas e desconhecem os mistérios mais simplórios da amamentação.

Uma amiga recentemente sentia facadas no peito ao amamentar. Em pânico, ligou para o seu médico. Ouviu, entre soluços contidos, a palavra "Ninho". Horrorizou-se. O médico não queria que ela sofresse e sugeria interromper a amamentação. "Vamos secar esse leitinho", disse. Desesperou-se a pobre. Ligou para a Amigas do Peito, organização obstinada a recuperar o leite das crianças. Ouviu, às lágrimas, que a amamentação não dói, e que se havia dor era porque alguma patologia se desenvolvera. Com mais algumas pesquisas, dessa vez na internet, descobriu a nutriz estar sendo vítima de um reles fungo. Anotou o nome do fungicida recomendado e ligou para o médico fã de Ninho apenas para saber da posologia. Obtida a informação, tratou também de mudar de obstetra.

São sensíveis as mulheres. Ao menos ela, a mulher que ainda não amamentava, mas já temia os fungos, sabia sê-lo. Sentia ter se livrado de uma crosta seca e dura e faltava saber como cuidar da pele lisa e úmida agora exposta.

Tentou uma massagem. Trocara de massagista depois de ficar com alguns hematomas do último. "Estava feia a coisa", ele dizia, depois de fazer a mulher ver estrelas que não eram bem aquelas de prazer. Na nova massagem, se entregou a mãos femininas. Deixou quilos de pedregulhos na maca, mas sem chorar de dor dessa vez. Agradeceu a vida pela oportunidade de estar ali deitada de barriga para baixo fitando o chão por um buraco. Quando a fisioterapeuta terminou seu trabalho tascando-lhe um delicado e piedoso beijo na bochecha, sorriu e sentiu os olhos aguarem. Jesus, como era carente.

Era mesmo e não tinha mais um centímetro de vergonha por isso. Só tem carência de amor quem é capaz de amar, pensava. O que seria o amor senão também moeda de troca, sistema abstrato de escambo? Não tinha culpa a mulher empedrada se, no seu habitat individualista, ser carente virara quase um xingamento.

Então decidiu falar sobre o que não vinha sendo dito. Sobre o que acontecia nos intervalos entre um e outro livro costurado no computador, biografias de encomenda escritas à míngua, a sopapos praticamente. Quando não sofria pelos próprios biografados, imantados de certa forma ao seu corpo enquanto escorriam pelo monitor, sofria também, nas horas vagas, de preocupação com seus pais que, fazia cinco anos, adquiriram o deselegante hábito de conviver com o câncer. E o que é o câncer se não uma estranheza ao próprio corpo?

Primeiro foi o pai. Próstata. Cirurgia marcada, foi a vez da mãe descobrir um tumor que deveria ser tirado às pressas. Pulmão. Passou à frente na fila e operou-se antes, deixando-se fatiar no lobo esquerdo, não sem antes recortar do jornal uma frase de Clarice Lispector: "Aprendi com a primavera a me deixar cortar / E sempre voltar inteira". Um mês depois, foi a vez do pai entrar na faca. Não teve tanta sorte como a mãe, que se recuperou heroicamente. Teve, o pobre do pai, de fazer outra cirurgia restauradora. Um mês depois, a mãe iniciou a quimioterapia e logo apareceria, para espanto da plateia, careca de reluzir a lua.

Quando tudo parecia estar calmo de novo no front, o pai descobriu novos tumores. Bexiga. Tirou-a e, ainda no quarto do hospital, perguntou-lhe o imbecil do enfermeiro se o paciente estava urinando normalmente. "Fiz uma cistectomia", respondeu o recém-operado. Ficou a dúvida se o homem vestido de branco sabia o que significava aquela palavra estranha. Voltou para casa com uma bolsa de urotomia a tiracolo. Não teve muito espaço para gritar "merda" nem "puta que pariu" nem "scheisse" bem alto, porque todos se ocupavam de dizer que poderia ser bem pior, que ele devia agradecer o fato de estar vivo, que poderia ter sido no intestino, que todos deviam estar eufóricos, batendo palmas e dando pulinhos gritados em uníssono porque a operação dera certo.

 Perguntou-se a mulher, depois de visitar o pai na UTI e ver-lhe a fragilidade, por que diabos não incluem na equipe médica um psicólogo. Naquele quarto onde aparelhos pareciam apitar o medo, viu o pai sem couraça; sem disfarce, sem fantasia. Era carinhoso e carente, pedindo uma mão quente perto da sua. Sua pele tinha o mesmo cheiro da pele da avó da mulher, com quem ela se dava muito bem. Estava perto dos cem anos, não escutava quase e não enxergava, mas levantava da cama assim que ouvia a neta chegando com biscoitos que seriam molhados no café com leite. A pele, fina e enrugada e frágil, era a mesma. Ver o seu pai ali, naquelas condições, cortou o coração da pobre mulher que tentava parecer forte e divertida. Ao mesmo tempo em que agradecia aos médicos e sabe-se lá a quantas divindades por ele ter sobrevivido a uma cirurgia tão radical, sentia um horror de pena pelo seu sofrimento. Há pessoas que pensam a morte e há aquelas que a empurram para debaixo do tapete. Seu pai era dos que a pensam, e isso fazia a mulher sofrer junto com ele, lembrando do que contara sua mãe, que ele achara que não sairia vivo da sala de cirurgia. Medo de morrer é pior do que morrer, pensava, e se solidarizava com eles: com o medo e com o pai.

 Seu primo era a única pessoa que conhecia que dizia, peremptoriamente, não ter medo de morrer. Não entendia muito bem como isso era possível, mas quem era ela. Era apenas uma escritora de aluguel tentando engravidar. A mesma que, dez anos antes, vira o tio definhar até a morte por causa de um câncer avassalador. Era a primeira vez em que, como adulta, lidava com a doença. Por ser muito ligada ao primo, traumatizou-se. Vendo-o vestido com um terno de lã em pleno meio-dia de verão carioca para enterrar o pai, passou tão mal que quase teve que voltar para casa. "Não há nada mais triste do que ver quem a gente ama sofrer e não poder fazer nada", lhe disse uma tia emprestada na hora em que a mulher ameaçava chorar antúrios. Nessa hora, amadureceu uns vinte anos. Engoliu a frase e passaria o resto do seu tempo sabendo que vida é isso, não poder fazer muito pelos outros a não ser abraçar e chorar junto, como se assim fosse possível fazer a dor se dissolver e escorrer a caminho das solas dos pés e como se assim ela pudesse ser enfim pisada e deixada para trás como um chiclete velho. Mas o buraco no peito continuará sempre lá, pronto para engolir outras sacanagens da vida.

Como a primeira rachadura no seu casamento, por exemplo. É claro que a proximidade do aniversário de um ano de tentativas não podia dar em boa coisa. Brigaram. Feio. Não saberia a mulher nem mesmo dizer o porquê. Algo como móveis a encomendar, quilos a perder e contas a pagar. Mas o que estava por trás de toda a gritaria que faria doer a garganta era raiva; raiva de não conseguirem o que tanto queriam, o que fazia cada um projetar a raiva de si mesmo no outro; raiva do esperma preguiçoso cuspida na raiva dos óvulos débeis. A dança macabra acabou tarde e comeu um sábado inteiro de tristezas, choros pungidos e fugas para debaixo das cobertas sempre solidárias.

Estavam nervosos, frustrados e cansados. Precisavam, a contragosto, começar a se acostumar com a ideia de que o filho poderia não passar para dar um oizinho. Era possível, sim, que ele não aparecesse nunca, a despeito dos exames que diziam estar tudo muito bem, obrigado. "Tem coisas que a medicina não explica", dizia a sua médica. Faltava um fio de cabelo para procurarem um especialista em reprodução.

Mas sabia a mulher que não faria uma inseminação artificial, não só porque não tinham dinheiro para tanto, mas também porque seu cerebralismo crônico não admitia a hipótese de transformar um filho num projeto. Se ele não quisesse vir por conta própria, se contentaria em continuar pajeando o papagaio. Que a vida é autônoma era uma das poucas certezas nas quais conseguia se agarrar. É quando o sujeito estranha a si mesmo que ele se descobre. Estranhava a ideia de afinal não ter filhos, mas assim seria se a vida quisesse e, se assim fosse, talvez se descobrisse outra mulher. Talvez encontrasse outras maneiras de expressar seu sufocado lado maternal. Talvez isso fortalecesse o seu casamento, ao contrário do que as pessoas pensariam.

Acreditava em poucas coisas, entre peras maduras e ciclos da lua, e uma delas era que um filho deve ser fruto do amor de um casal, coroando a união para sempre e estabelecendo que, entre eles, mesmo que um dia o amor acabe, a amizade deverá continuar por lá, a postos, em sentinela até a morte. Guardar tais crenças nas gavetas que arrumava aos domingos, porque prazer reprimido resulta em manias de arrumação, era algo que a apaziguava; um porto seguro, ao menos, a certeza de que o afeto pode ser mais do que o poder. Seria uma mulher capaz de cuidar de si e com o poder de dizer uma verdade sobre si mesma. Uma rota bem definida. Passos largos, pisadas firmes, mesmo que a pés descalços sob solo escaldante. Também era a sua vida que buscava e, enquanto isso, escrevia.

Foi Foucault quem identificou a literatura como um supralugar, área apartada do próprio conhecimento, onde escrever é sempre enfrentar a morte. Sendo a metalinguagem o limite da crítica, território convidativo ao delírio e à alucinação, ultrapassar a linguagem seria, finalmente, chegar à loucura.

A mulher de óvulos cansados chegava apenas aos instantes de quase loucura, que é aquele em que a pessoa quase perde os parafusos. É como um tombo que não machuca, como gostar de momentos abafados, apertados e perigosos, possessão medonha que toma corpo. Loucura é ter tudo só seu e sempre do seu jeito, pensava. É ter ossos tão leves que dá vontade de rir e ao mesmo tempo estar tenso de arrebentar o peito, formigas imaginárias correndo por todos os lados, mas principalmente, sempre, pelas mãos e pelos pés, que suam frio. É sublevação, enfrentamento – violência em cócegas. A quase loucura é um momento de fracasso de certa forma. É uma porta batendo na sua cara. Proibida a entrada. Ainda.

As portas, todas elas, continuavam fechadas para a mulher. Estranhava adquirir o hábito, mas lhe restava apenas olhar pelos buracos das fechaduras. Sem perceber, começou a fitar bebezinhos nas pracinhas, nos supermercados, nos shoppings. Adorava ver os cocurutos e tinha vontade de senti-los com as mãos, medir a fragilidade da moleira quentinha, os cabelos ainda ralos, o cheirinho de talco que lhe dava a impressão de fazer o tempo parar. Mas ainda era minimamente sã e não fazia esse pedido às mães, deixando os cocurutos em paz.

Então sempre chegava a hora em que a natureza falava mais alto, a hora em que o ventre doía ligeiramente, a calcinha molhava e ela, a mulher fértil, tinha fome de marido. Alguns dias depois da briga, quando assumiram que poderiam vir a não ter filhos e se assim fosse fariam de tudo para sobreviverem juntos, a mulher se entregou de um jeito inédito. Sentiu prazer ao primeiro toque e se deixou levar, olhos fechados, a uma viagem de prazer no sofá ordinário. Sentiu o corpo leve, como se não fizesse parte dela mesma. Chorou ao gozar e isso era sempre bom. Pediu que aquele amor nunca se desfizesse, com filhos ou sem filhos, porque era isso o mais importante. Precisava lembrar que não era um animal reprodutor com número de série, era apenas uma mulher apaixonada que pensava demais. Se fosse possível fazer filhos só com o cérebro já teria uma penca deles, todos agarrados às suas saias e provavelmente remelentos.

Como isso ainda não era possível – o que fazia a mulher pensar ser a ciência muito incompetente –, continuaria usando a sua socada massa encefálica como uma espécie de Tivoli Park, parque de diversões fantasma, ou diletantismo se preferirem. Aprenderia ainda com Foucault que o enunciado é estranho à lógica e à matemática, não sendo nem correto nem errado, nem falso nem verdadeiro, apenas aquele que faz brotar a discursividade. Nasceria aí a relativização? Aquele espaço demasiado democrático onde tudo vale e tudo faz sentido? Aquela clareira aberta onde o pós-moderno rebola e faz falta alguma verdade pelamordedeus?

Gostaria de fazer essa pergunta ao seu antigo professor de filosofia. Como perdera contato com ele, conformou-se em ler, no seu caderno, que é a época histórica quem diz tudo, tornando inexistentes nos livros o não dito e o oculto. O enunciado, enfim, tem o privilégio de, como uma peça de Lego, se encaixar perfeitamente com o visível. É, portanto, legítima maneira de construir ordens e relações do mundo. É a falação mundana, sendo um bom exemplo o enunciado de Fitzgerald, "um diamante do tamanho do Ritz". Autores geniais inauguram sua própria discursividade, diz Foucault, o genial. É isso a autoria. Nome, lugar e posição são apenas apetrechos acessórios. Lembrou de *A derrocada*, de Fitzgerald, escrito simplesmente porque o autor precisava desesperadamente de dinheiro. Lugar e posição, portanto, também discursam de certa forma – o que não quer dizer, é claro, que o discurso valha a pena.

Veio então a segunda rachadura. Chegou a hora do marido dizer, numa briga desrespeitosa aos vizinhos, que não queria mais ter filhos coisa nenhuma. Era o medo falando grosso e batendo portas. Disse a mulher, em revide, que não era um brinquedo de ovular aqui e não ali. Não tinha culpa se a coreografia dos seus óvulos não chamava a atenção nem do porteiro. O que importava era que ela, a mulher ovulando, estava ovulando, caralho.

E foram os óvulos desenxabidos, lá no escuro, que escutaram o pedido de desculpas. Veio junto com ele, com o perdão envergonhado e molhado, a promessa de ter esperança e dar uma chance ao sonho. O vazio tem forças, já descobriram os indianos quando inventaram o zero. Ao menos o seu útero, vazio como geladeira de pobre, já vinha entendendo que a verdade é sempre afetiva e dera para gritar lá para cima que o cérebro humano é predominantemente emocional. Caminhamos para sermos seres exóticos e sentimentais, daqueles que só chegam a determinadas conclusões depois de uma boa briga, depois da mulher se sentir sabatinada sem motivos aparentes, por exemplo, e ler na legenda algo como "explique, mulher, como você pode falar coisas assim pulsantes e não conseguir ter um filho". "Porque ter filho, cacete, é bem mais difícil", responderam os neurônios da mulher em coro – e não eram neurônios saltitantes.

Estava perigoso respirar. Resolveu mais uma vez procurar ajuda alternativa, simplesmente porque não tinha mais saco para terapia. Cansara de Freud e Jung e Capra, queria experimentar outros nomes. Encomendou uma tal de constelação sistêmica. Referências: fitoterapia, terapia floral, coaching, hipnoterapia, programação neurolinguística. Flertava com a patota de *Quem somos nós*, documentário sobre física quântica que girou cabecinhas alternativas e outras nem tanto. A terapeuta havia sido indicada por sua professora de ioga, uma das poucas pessoas a saber de sua via-crúcis.

Recebeu a terapeuta em casa, acreditando enquanto duvidava e duvidando enquanto acreditava. Ouviu que estamos ligados à nossa família de origem e todos os nossos antepassados através de uma consciência familiar, uma memória inconsciente que nos mantém ligados morfogeneticamente a todo o sistema. Regido pela lei do amor e da compensação, o tal sistema é desequilibrado por verdades escondidas, mortes trágicas, desrespeito às hierarquias, desequilíbrio no dar e receber. Então o pobre do descendente se identifica com toda a barafunda e sua vida não flui como deveria. É preciso dissolver os emaranhados, aprendeu, enquanto tentava engolir um café aguado.

Em poucos minutos, viu-se escolhendo bonequinhos de playmobil para representarem marido, pai, mãe, irmã, avós maternos. Já o filho veio no formato de um girassol com botão de smile face. A constelação estava na mesa. Entendeu logo o comportamento dominador da mãe, perdoando-a às lágrimas. Sentia-se ridícula chorando de frente para um boneco de plástico, mas fazer o quê? As emoções podem ser muito constrangedoras. Perdoou os abortos feitos pelo avô médico, as rabugices da avó que nem chegou a conhecer. Suava frio e respirava fundo, ouvindo da terapeuta "isso mesmo, é assim que mudamos nossos padrões mentais". Quando já não aguentava mais mudar tantos padrões indesejáveis, passou por um exercício de hipnose. Foi levada a imaginar como seria a vida com filho, onde ela e o marido estariam sentados à mesa, onde estaria o menino ou menina, o que estariam comendo, que roupas estariam usando.

Estava vestida de rosa, com uma camisa estampada que bem poderia ser um pijama, mas não era. Estava corada, com os cabelos presos, olhos atentos e em paz. Dava de comer ao menino, "olha a colherzinha aqui, olha a colherzinha ali". Ao contrário do que sempre imaginara, não se irritava com a tarefa. Era paciente e focada no presente e o babador e a papinha não a assustavam. E, o que era mais importante, não tinha o irritante hábito de limpar a boca da criança com a colher. Lembrava do poema de Borges, aos oitenta e cinco anos, dizendo que, se vivesse de novo, seria menos higiênico. Via assim a boca lambuzada de seu filho e ria por dentro, adorando a cena. Ser feliz é lambuzar-se, pensava.

Seu marido comia um sanduíche e acompanhava a cena num êxtase tranquilo. Saboreava cada momento com quem assiste a um bom filme comendo pipoca. Seus olhos brilhavam como na época de namoro, pequenas jabuticabas de contentamento. Se o filme terminasse ali, já teria sido seu longa-metragem predileto.

Era saudável a criança. Tinha bom apetite e bom humor. Olhava tudo com uma curiosidade de dar inveja. Já sorria. E quando sorria era como se hipnotizasse seus pais.

6

O primeiro sinal de gravidez pode ser um sangramento do tipo borra de café. Mas isso, assim como a dor nos seios, também pode ser o início da menstruação. Ideia que, automaticamente, fabricava a TPM. Dessa vez, no entanto, não se sentia irritada. Devia estar aprendendo a sublimar a coisa toda, pensou, considerando-se um ser muito evoluído e acima da ditadura hormonal.

Testes de farmácia podem ser muito frustrantes e por isso os abolira há tempos. Na sua cabeça, só lhe restava esperar a coisa descer. Esperaria.

Esperou uma semana sem se dar conta de que esperara uma semana. Gelou. Culpou-se imediatamente, é claro. Podia estar sendo negligente. Foi à farmácia. Olhou a caixa que vinha com o teste, tão familiar. Fitou-a por alguns segundos. Recolocou-a na prateleira. Ainda não tinha coragem. Tinha tanto medo que não fosse verdade que não contara nem para o marido. Era como se precisasse proteger esse segredo até de si mesma. Cogitou conversar com o farmacêutico, talvez ele lhe desse bons conselhos. Desistiu depois de lembrar que ele estava ali para vender, entre outras coisas, testes de gravidez.

Pensou em ligar para a sua médica. Pensou de novo. Das duas uma: ou ela diria para fazer o teste da farmácia ou encomendaria um exame de sangue, o que daria mais trabalho e aumentaria em muito o grau de frustração possível. Você pode duvidar de um teste de farmácia, mas não de um exame de sangue. Começou a andar pela casa de um lado para o outro, esquecendo o trabalho no computador ligado no escritório. Perguntou ao seu papagaio o que deveria fazer. Não conseguiu identificar se os sons emitidos eram de apoio ao exame ou se já eram uma manifestação de ciúme do provável rebento.

Sentou na cama. Não tinha coragem de ir para frente nem para trás, e se pudesse congelava aquele momento e se enfiava num balão de ensaio hermético e seguro vigiado por uma junta médica até o parto. Sentiu vontade de deitar, se cobrir com um cobertor de flanela e esperar nove meses. Em algum momento, talvez seu marido notasse seu volume e fizesse algum comentário. Então já se teriam passado os três primeiros e aflitivos meses, os enjoos e as primeiras ultrassonografias, restando apenas a melhor parte, que era arrumar o quarto do bebê e comprar as primeiras roupinhas. Até lá, ficaria deitada cheirando talco Johnson e, se algum dos seus contratantes tivesse o mau gosto de procurá-la, os mandaria à merda sem dó nem piedade. Já virara uma ursa brava em defesa de seus filhotes, e se assustou com o plural. Meu deus, e se fossem dois? Sentiu uma leve taquicardia. Se fossem dois, pensou, afundando no travesseiro, mandaria seus contratantes à merda duas vezes. E jogaria na loto quatro. Naquela semana.

Era como se carregasse dentro de si o segredo da paz mundial, a fórmula da energia renovável, a cura para todas as doenças. Tinha um diamante do tamanho do Ritz no seu útero. Como podia contar isso a alguém sem correr riscos?

Adormeceu. Dormiu a tarde inteira como uma adolescente. Acordou com fome, como se nada tivesse acontecido, como se o escritório ao lado não lhe pertencesse. Preparou torradas e um café com leite e percebeu que a felicidade tem cheiro de lanchinho na mesa de fórmica da cozinha. Não podia, depois de tanto escalar, cair de uma altura já tão alta. Não faria o exame. Esperaria um pouco mais, tentando bloquear a paranoia de sentir cheiro de sangue no banheiro, esse um cheiro consagrado de tristeza. Usaria aromatizadores de ambiente e, se aquela fosse uma gravidez psicológica, também era muito bem-vinda, que ficasse à vontade.

Com essa última resolução, teve a leve impressão de que enlouquecera de vez. Talvez devesse ingressar num tarja preta, mas eles estavam temporariamente proibidos. Tudo andava em suspenso, aliás, aguardando os próximos acontecimentos ou desacontecimentos. Andava cansada de se equilibrar em cima do muro, e não tinha mesmo alternativa. No entanto, como diria sua diarista, andava sofrendo dos nervos.

Quando um dos seus contratantes, um biografado metódico, meteu a mão no seu texto e o deixou intragável, perdeu o último fio de serenidade. Sentiu dores no peito, tremeu, ficou branca e seca de tanto chorar. Sentiu como se tivessem jogado micróbios gigantes na sua incubadora. Não podia gerar mais nada, nem filho nem livro, nem mesmo, puta que pariu, uma vida decente onde as contas não fecham sempre no vermelho. Sentia a idade lhe apunhalando pelas costas. Era tarde demais, lhe dizia ela, a idade velha, mulher corcunda de vestes pretas e verrugas segurando uma foice.

Completara toda a sua agonizante gincana num único mês, fechando o ciclo de um ano de tentativas no mês de aniversário de sua mãe, mesmo mês em que uma de suas sobrinhas reuniria toda a parentada para comemorar sua primeira comunhão e a mulher sabia que, entre fatias de carne mal passada e copos de cerveja, estariam todos se perguntando quando a família aumentaria. Já estavam casados há tempo suficiente, todos achavam, metendo seus enormes narizes na vida alheia porque não tinham criatividade para encontrar outros assuntos. Não deviam esperar tanto, falavam, como se a decisão de dar vida a um novo ser não fosse a coisa mais privada e sagrada na vida de um casal. A mulher sempre soube da roubada em que poderia se meter, carregando peso por nove meses e passando pelas dores do parto para agradar a família, mas nem morta faria isso, e morta não poderia mesmo, ao menos imaginava não ser possível, mas vai saber. O que sabia era que precisava se defender disso, que fossem todos à merda, pensava sempre, mas também sabia que não era imune à pressão, principalmente aquelas veladas, que aparecem candidamente nas conversas, assim como quem não quer nada, minha querida. Convenções sociais podem ser grandes atrasos na vida. Grande é a verdade, mas ainda maior, do ponto de vista prático, é o silêncio em torno da verdade, escrevera Aldous Huxley. Silenciava há muito sobre a sua.

Nessas horas de dilema interno de adaptação ao mundo, escrever era mecanismo de salvação. Contradição e paradoxo, já aprendera, eram experiências fundamentais da modernidade. Também sabia que só o particular se universaliza, e que a digestão é atitude das mais inteligentes. Suspeitava estar digerindo mal a sua vida, mas seguiria insistindo sem recorrer a laxantes artificiais. Freud então diria que censuramos algumas verdades excluindo-as da consciência porque são dolorosas demais, ou excessivamente subversivas para a ordem que instauramos dentro de nós.

Gostaria de tirar do seu contrato interno a necessidade irritante de agradar gregos e troianos. Se já sabia ser inútil o julgamento e ilusório o seu efeito, por que diabos continuava sorrindo docemente em alguns momentos em que, no fundo, tinha vontade de cuspir na cara do interlocutor? Talvez porque soubesse, por intuição e um pouco de estudo aos domingos, que a legitimação do saber se desligara há tempos de uma perspectiva humanista para uma legitimidade engendrada nas expectativas do mercado. Vale o que vende e o que está na moda, ou seja, vale tudo o que não é fundamentalmente humano como a capacidade crítica e reflexiva.

Para exilar alguém hoje basta alijá-lo da televisão, e apedrejar é façanha que já pode ser feita com os olhos, olhando-se a criatura condenada de cima a baixo, avaliando as etiquetas por debaixo do figurino. Sabendo disso, portanto, e sabendo também que a vanguarda acabou, não via a mulher qualquer alternativa que não, na medida do possível, fazer parte do jogo. Se não conhecemos mais a razão que liberta, que ao menos aprendamos a conviver com a razão que aprisiona, onde a arte não serve para muita coisa e a cultura é belo acessório. Os estereótipos são muito lucrativos e não gostam de transformações.

Sim, continuava exercendo a capacidade de se tornar amarga e pessimista, mesmo sabendo poder estar grávida. Não era culpa sua se o espaço das obrigações sociais se tornara aquele em que não se diz quem se é. Se tivesse um filho, ao menos, ele não seria enganado a respeito das agruras da vida e, com alguma sorte, aprenderia que a verdade vem da franqueza, do falar sem medo. Mas o pretume todo também poderia ser o seu inconsciente se preparando para uma possível má notícia. Então a mulher poderia dizer para si mesma a obscena frase "eu não disse?", jogando-se na cara seus sonhos de meia-tigela. E para isso bastaria apenas o primeiro filete de sangue escuro, a tal borra de café.

Pensou então que resistir não é cuspir na cara dos outros, mas sim não ser indiferente; não atender demandas histericamente, sim, mas também não ignorar o que se passa na própria carne. Bingo. Compraria o raio do teste de farmácia.

7

Não deu tempo. A surpresa de mau gosto no banheiro apareceu antes da ida à farmácia. Alarme falso. Dois dias antes do aniversário de seu marido. É claro que já havia fantasiado passar a data com a boa notícia, melhor presente de todos os tempos. É claro que isso fez com que a frustração fosse ainda maior. É claro que caiu na cama aos prantos, querendo se desintegrar no colchão, atravessar as espumas e ficar reduzida a poeira no chão, junto com gravuras abandonadas que jamais ganhariam alguma moldura e nunca saberiam o que é uma parede.

Seria um esforço hercúleo, dois dias depois, colocar um sorriso no rosto maquiado. Bolo, docinhos, festinha com a família, sobrinhos, sempre os sobrinhos. Foi só ver um pouco de DVD infantil para quase engasgar com as lágrimas que ameaçavam sua garganta. Mas engoliria a seco, sem álcool até, e deixaria para desabar no dia seguinte, quando já não fosse mais aniversário de ninguém. Um perigo esse das datas festivas. O Natal estava chegando e precisava urgentemente se proteger das maldades do Papai Noel.

Sem saber bem por que, se deu então conta, numa epifania cansada porém inédita, de que as promessas de um futuro ideal com direito a chupetas e filhos perfeitos estavam apenas na sua cabeça, depositária, talvez, de resquícios de teleologia germânica. Apontar para um futuro perfeito e brilhante, aliás, como se o ser humano pudesse ser perfeito e brilhante, seria a desculpa de muitos totalitarismos.

Precisava encontrar seu devir revolucionário, entendeu, ao mesmo tempo em que percebeu que ou não se pensa mais a verdade ou quem a encontra não conta a ninguém. Sabia poucas coisas, a mulher, mas uma delas era que, depois do utilitarismo de Bentham, doutrina moral do século XIX, a grande filosofia da vida moderna estabeleceu como fundamento a busca egoística do prazer individual. A ideia era tornar possível uma maior felicidade a um maior número de pessoas, mas o que aconteceu mesmo, a velha e toda a torcida do Flamengo sabiam, foi a transformação do eu num princípio social. Some-se a isso o consumismo e os loopings da tecnologia e o que temos é puro e perfumado entorpecimento. A solução e saída desse labirinto de brumas industriais seria a crítica, dizem alguns autores. O olhar enviesado, em suspeita, sentinela à espreita e à prova de silenciamento.

Tinha a impressão de estar exercitando essa crítica na própria carne. Sabia que pensava demais e por isso, por medo de enjoar os interlocutores ou levantar dúvidas sobre sua sanidade, deixava as reflexões dialogarem apenas com o papel. Sabia viver numa sociedade cujo ritmo alucinante devora passado e presente e, por isso mesmo, torna o futuro e a velhice fontes de puro pavor. Gostaria de gritar isso pela janela, mas temia assustar os vizinhos. Daria tudo para contornar as cinco dificuldades de dizer a verdade, devidamente enumeradas por Brecht: ter a coragem de dizer a verdade; ter a inteligência de reconhecer a verdade; possuir a arte de manejar a verdade como arma; ter a capacidade de escolher aqueles em cujas mãos a verdade se torna eficiente; ter a astúcia de divulgar a verdade entre muitos, de difundi-la.

Sonhava em desenvolver tamanhos atributos enquanto olhava, embevecida, opulentas romãs crescendo na jardineira da varanda. Era um oásis no meio de plantas secas que, por mais regadas que fossem, tratavam de lhe jogar na cara a infertilidade. Tentara de tudo a mulher, de adubos a simpatias, mas nada verde vingava na casa a não ser o seu papagaio. Até que um dia seu marido, sementes de romã doadas pela avó na mão, jogou a simpatia de ano-novo na terra e a afofou. Foi assim que, a olhos incrédulos do casal que invejava desde a infância o menino do dedo verde, a romã cresceu tanto que quase acenava para o vizinho de cima. Seu caule grosso era pura força, proteção, embalo e ao mesmo tempo tapa na cara de quem achava ser aquela varanda uma filial do Saara. Tinham tanto orgulho daquela árvore quanto teriam de seu filho, se ele aparecesse. E agora esperavam excitados pela colheita das romãs que seriam dadas ao papagaio, então feliz como nunca ao quebrar as sementes, balançar o bico e sujar todas as paredes que estivessem por perto com aquele caldo rosa-vermelho translúcido, vida líquida em puro esplendor.

Pensava nas sementes fartas da romã e sim, desejava que seus óvulos seguissem o exemplo. Ao mesmo tempo, no entanto, foi olhando as romãs que começou, não sabia bem por qual caminho lógico e inédito, a ver com bons olhos a adoção. Pensou que se uma árvore tão fértil e poderosa nasceu quando menos se esperava e de uma maneira imprevista, assim também poderia ser ter um filho adotivo, sementes de outros terrenos vingando no seu.

Precisava apenas lutar contra alguns preconceitos internos que a faziam ter medo de tal alternativa. Um deles dizia que teriam que escolher um bebê. Depois dos três anos, dizia esse preconceito, a criança já poderia ter desenvolvido a psicopatia, e a mulher acreditava não ter nervos suficientes para o suspense de sabê-lo. Os laços afetivos com os pais ou cuidadores, dizem alguns dogmas psiquiátricos, são desenvolvidos até essa idade e, caso esse laço não tenha sido criado, a criança não terá, dentro de si, empatia pelo outro, o que não a tornará necessariamente um serial killer, mas pode ser um tanto difícil o seu comportamento imune à culpa e incapaz de aprender com os próprios erros.

A mulher não era imune à culpa, que carregava sempre nas costas como uma mochila pesada e inseparável sem nem mais saber por quê, mas desconfiava que também não aprendia muito com os próprios erros. Já sabia, por exemplo, que seu irritante questionamento existencial lhe dava dores variadas pelo corpo, mas seguia adiante com a barafunda. Sabia também, graças a um encontro de emergência com sua ex-terapeuta, que era apenas a sua mente que havia decidido não optar por uma inseminação. O coração, dizia a terapeuta de olhos azuis arregalados, gritava coisas bem diferentes lá para cima. Por uma recaída terapêutica previsível, no entanto, tais gritos, incapazes de pagar pedágio cabeça acima, não passavam do pescoço. Adquirira a mulher o que considerava um saudável hábito: discordar da própria terapeuta.

Lembrou de seu ex-professor de filosofia, pai adotivo. Falava com tanto amor de seu filho que fazia agora a mulher sentir lufadas de otimismo na nuca. Dizia o professor – que também era analista, não da mulher evidentemente – que nem lembrava do fato de não ser o pai biológico da criança. E achava que, desde que tudo fosse explicado às claras, a vida podia ser bem feliz, obrigado. Disse ainda que a adoção devia acontecer espontaneamente: era bater os olhos na criança e sentir a conexão. Ele e a esposa visitaram várias crianças antes dessa experiência do clique. Foi então que, no Nordeste, se apaixonaram por um bebezinho e não tiveram dúvida nenhuma de que ele esperara por eles. Estava feita a concepção.

Ouvira dizer que era difícil adotar no Brasil, principalmente bebês. Era mais fácil encontrar crianças já bem grandinhas e carentes entregues aos orfanatos. Também já aprendera que era uma maldade separar irmãos, o que tornava a tarefa da adoção ainda mais heroica. Mas só saberia mesmo pesquisando.

Quando o marido concordou em começar a tal pesquisa, aquela em que, poeticamente, seus óvulos e espermatozoides finalmente se juntariam como num time, teve vontade de beber cerveja gelada e sambar nua e louca pelas ruas.

Não ser capaz de dar vida a alguém, enfim ela entendia, não era o mesmo que morrer. Lera num livro de um médico de reprodução assistida que rejeitar a inseminação era o mesmo que se recusar a uma cirurgia de ponte de safena depois do infarto, já que ambos os procedimentos, afinal, são antinaturais. Levou em consideração o argumento por mais ou menos dois dias (seu processo reflexivo podia ser um tanto lento).

Depois de se criticar por ser tão radical, no entanto, estalou a língua e falou sozinha: "Mas não é a mesma coisa porra nenhuma!". Até as metáforas têm limites. Sim, considerava legítima a luta da medicina pela preservação da vida. Mas que não se compare isso a criar, artificialmente e com doses cavalares de hormônios injetáveis, uma nova vida. "Quando seu filho estiver no colo, você nem vai lembrar disso", lhe dizia a ex-terapeuta. Podia até ser. Mas preferia tentar de tudo e mais um pouco antes de tentar de tudo e mais um pouco.

Não lembrava mais de quando havia se sentido tão calma e nem porque nunca cogitara a hipótese da adoção com mais atenção e menos reservas. Seria um mundo maravilhoso esse em que finalmente o sangue deixaria de significar fracasso para, quem sabe, atuar apenas num joelho de criança esperta que sabe que se machucar e andar de bicicleta são sinônimos. Antes disso, afinal, essa sábia criança já teria passeado pela orla carioca na cestinha da bicicleta da mãe, que não pedalava desde a adolescência, mas, é mesmo como dizem, andar de bicicleta nunca se esquece.

Estava quase feliz também por não ter deixado esquecida, dentro de si, a ideia do que deve ser um ser humano, indivíduo em contraste com a sociedade ainda bovarista, ciranda de espelhos refletindo superfícies. Lutava contra tudo e todos em empertigada batalha interna, ganhando assim fôlego para longos projetos, aqueles que não são divididos por estações. Dera-se ao direito de pensar sobre o ambiente que a cerca, e todas as suas células agradeciam sinceramente a gentileza.

Talvez, como antevira Foucault, tivesse encontrado em suas próprias linhas a liberdade, assim como quem revira as gavetas e encontra um diário sonhador. Mesmo ao preço de ser risível, dispensara outras narrações mundanas para encontrar a sua. Cuidava assim de si, poderia dizer o filósofo defensor das autobiografias, ficções tão verdadeiras.

Descobria, em arquivos internos atemporais, o registro de um saudoso tempo em que a filosofia era disciplina com voz privilegiada na interpretação do mundo, com a intenção de ampliar incessantemente a compreensão da realidade, tendo o próprio homem como tema fundamental dessa compreensão. Enxergava, agora, que seu projeto de vida era o mais antenado possível. Era um projeto de amor, amor pelo conhecimento que constrói tudo o que é humano e vice-versa, amor de verdade que, por incrível que pareça, nunca sai de moda.

Seu devir revolucionário, quem diria, estava afinal num lugar muito calmo, leve brisa do mar, pés afundados na areia morna e fofa, ondas leves e ritmadas, um azul lavado nos céus lhe dizendo num sopro bem escandido: "Está tudo bem".

Mas eu não tenho filhos, azul meu, eu não consigo... "está tudo bem". Mas meu marido... "está tudo bem". Minhas amigas, todas elas já empurrando carrinhos... "tudo bem". Meus pais, meus sogros, toda a penca familiar... "tudo, tudo bem". Meus exames, ainda falta fazer um... "tudo bem".

A verdade do conhecimento não obrigara a mulher a nada, mas a outra verdade, aquela da qual fazia parte, lhe dizia para ter paz – e finalmente era ouvida. Assim como uma unção tardia, um sossego inevitável depois da exaustão. Como um descanso merecido depois do parto.

OUTRAS PUBLICAÇÕES DA DUBLINENSE

PEREGRINA DE ARAQUE
Mariana Kalil

NOTAS SOBRE O ABISMO
Rosario Nascimento e Silva

O VIAJANTE IMÓVEL
Júlio Ricardo da Rosa

FETICHE
Carina Luft

LEIA-ME TODA
Claudia Schroeder

DESVÃOS
Susana Vernieri

EM QUE COINCIDENTEMENTE SE REINCIDE
Leila de Souza Teixeira

ANTES QUE OS ESPELHOS SE TORNEM OPACOS
Juarez Guedes Cruz

SOB O CÉU DE AGOSTO
Gustavo Machado

A VIDA É BREVE E PASSA AO LADO
Henrique Schneider

Conheça também nossos ebooks.

Para consultar nosso catálogo completo e obter mais informações
sobre os títulos, acesse www.dublinense.com.br.

dublinense

Este livro foi composto em fontes Arno Pro e Carton Six e impresso
na gráfica Pallotti, em papel pólen bold 90g, em setembro de 2012.